LE CYCLE DES ÂMES

LIVRE II
PARADISIA

RACHELLE H

LE CYCLE DES ÂMES

LIVRE II
PARADISIA

RACHELLE H

Couverture par Miblart
Carte par Ecoffet Scarlett
Maquette intérieure par Ecoffet Scarlett

ISBN : 9782493845412
http://imaginary-edge.com/

L'UNION

À toi, qui me rends meilleure chaque jour et sans qui le tournant de ma vie n'aurait pas été aussi beau.

CHAPITRE 01

ette nuit-là, la ville était calme. Appuyé contre la baie vitrée, il perdait son regard dans l'immensité de Paradisia. Les lumières des gratte-ciels illuminaient ses yeux absents. Il ne voyait ni les voitures aller et venir sur le boulevard à ses pieds ni les fenêtres des appartements en face de lui s'allumer et s'éteindre les unes après les autres. Il n'entendait ni les sirènes des pompiers ni les cris de son abruti de voisin devant sa télé. Il n'avait d'yeux que pour la nuit et sa noirceur. Il vidait complètement son esprit dans le ciel peu étoilé. Personne n'aurait pu le différencier dans le noir de son appartement d'une sculpture de marbre grecque, les muscles de sa poitrine saillants à l'air libre. Il aimait se perdre ainsi. À vrai dire, c'était sa seule façon d'arrêter le flot d'informations dans sa tête, ne serait-ce que pour une minute. Son sommeil n'était plus une source de liberté depuis longtemps. D'ailleurs, il ne dormait presque plus. Et encore moins de façon traditionnelle. Depuis que le Don s'était révélé à lui enfant, ses rêves n'étaient plus du tout les mêmes. Adieu rêves de pirates et de chevaliers, bonjour morts violentes, de l'antiquité à aujourd'hui. Malgré des années d'études sur la question avec son *Hendry*, puissant chaman en Afrique, il ne comprenait toujours pas pourquoi ce don existait et d'où il pouvait provenir. Ces mystères restaient à résoudre. Il ne s'arrêterait jamais de chercher. Il avait besoin de savoir. Ce Don lui avait gâché tellement de moments de sa vie. Il lui en avait même arraché, volé, piétiné. Son enfance entre autres. Il voulait comprendre. Il avait appris à le contrôler, à l'utiliser, pour ses fins à lui. Mais cela ne suffisait pas. Malgré cette évolution, il n'avait toujours pas retrouvé la façon de rêver des gens normaux. Sans doute ne rêverait-il plus jamais de la sorte. C'était pour cela qu'il évitait au maximum de dormir plus que nécessaire. Il en avait vécu assez des réveils en sursaut, en sueur, en pleurs, en cris, avec la sensation d'étouffer, d'être poignardé, d'être brûlé vif même. Aujourd'hui, il ne laissait plus le Don s'imposer. C'était lui qui le manipulait à sa guise. Et il lui avait trouvé une application très utile.

Après des années d'errance, il servait désormais à un but précis : lui rapporter du capital. Une enfance en centre pour mineurs lui avait laissé un goût amer de l'argent. Il s'était bien rattrapé grâce à son métier. Il y avait toujours quelqu'un prêt à mettre le prix pour retrouver un objet de valeur, sentimentale ou financière, un trésor caché ou bien une personne disparue. Grâce à ses Rêves, il le pouvait. Plus ou moins facilement suivant les cas. Mais toujours avec succès. Il n'évoluait que dans des sphères restreintes, là où l'argent n'était pas un problème. Il n'avait pas de nom. Seulement un e-mail énigmatique intraçable. Ses rendez-vous étaient toujours dans des lieux publics, éloignés de son chez-lui, où personne ne le connaissait. Ses clients avaient parfois du mal à accepter de faire leur demande aux yeux de tous. Mais ils finissaient toujours par s'y résoudre, la prestation en valait la peine. Sa réputation n'était plus à faire. Il se disait qu'il n'acceptait que les Unionistes. Il se disait qu'un jour, un futur client lui avait fait croire qu'il était originaire de l'Union pour pouvoir l'engager. Il se disait que ce client avait disparu depuis et était resté introuvable. Rien ne prouvait qu'il y avait cause à effet. Mais cela avait suffi à rajouter à son aura.

Il n'avait jamais eu de problème à convaincre ses futurs clients, même au début. Il dégageait un charisme naturel, une suffisance que seules possédaient les personnes qui réussissaient. Personne ne l'avait jamais vu sourire et son regard laissait souvent entendre qu'il pouvait tuer quelqu'un. Cela aidait à ce que personne ne parle de lui en dehors du cercle. La confidentialité devait être réciproque entre l'acheteur et le vendeur pour que le contrat soit conclu. Il aimait ça, réussir, avoir de l'argent. Il aimait avoir un but. Lorsque le Don s'était déclenché, il n'avait que 6 ans. Ses parents avaient d'abord voulu l'aider, mais ils avaient vite lâché l'affaire comme il se le disait lui-même. Ils ne comprenaient pas à l'époque et n'avaient jamais compris. L'homme avait grandi avec l'idée qu'il ne réussirait jamais rien, qu'il n'était qu'un malade mental, qu'il ne serait jamais capable d'avoir une vie normale. *Normale.* Il avait longtemps voulu être ce gamin sans problème, heureux, avec des rêves d'enfant. Il lui avait fallu du temps pour accepter qu'il n'était pas comme les autres. Mais aujourd'hui, cette différence était pour lui une force. Une force qu'il maîtrisait et grâce à laquelle il avait tout ce qu'il souhaitait. Qui le rendait heureux. Les gens normaux, il les trouvait ennuyeux, sans intérêt. Jamais il ne voudrait plus être comme eux. Il ne pouvait pas dire qu'il était reconnaissant d'avoir ce Don. Mais il l'était de ne pas être une simple fourmi dans la fourmilière du monde. C'était comme s'il avait toujours su qu'il était unique. À sa connaissance, il n'existait pas dans le monde quelqu'un d'autre comme lui. C'était un peu égoïste de ne partager ses talents qu'avec l'Union. Mais c'était sa façon de prendre sa revanche sur tous les partages et les concessions qu'il avait dû faire depuis son enfance. Il décidait. Et il voulait aussi pouvoir profiter de la vie sans parcourir le monde pour les missions qu'il n'aurait pas manqué d'avoir sur toute la planète. Parfois, il aimerait ne pas être le seul, pour pouvoir échanger sur le processus, ne pas effectuer les recherches seul, raconter ses visions et entendre celles de l'autre. Peut-être même, avoir un concurrent, mettant un peu plus de défi et d'adrénaline dans sa vie.

Il soupira et se décolla finalement de la baie vitrée. Sa vie était une bonne vie. Mais il s'avouait parfois qu'il manquait quelque chose. Son existence, pourtant particulière, était presque devenue banale. Métro-boulot-dodo. Enfin, façon de parler. Déjà enfant, il s'ennuyait très vite. Il lui fallait toujours de la nouveauté. Il allait la trouver. Il trouvait toujours. Il mettrait peut-être du temps, mais quand il avait un objectif, il ne le lâchait jamais avant de l'atteindre.

Il s'assit sur le bord de son lit king size, dans sa chambre décorée sobrement, mais avec goût, et soupira à nouveau. Cette lassitude l'envahissait depuis quelque temps déjà. La colère qu'il avait longtemps ressentie et qui le faisait avancer toujours plus loin semblait s'éloigner de lui. Au point que parfois, il ne savait plus pourquoi il vivait. Évidemment, il profitait des femmes avec son charme ravageur, de l'argent, des soirées. Il n'en avait jamais assez de cette vie superficielle auparavant. Cela avait changé depuis quelques semaines. Il récupéra son téléphone portable qui chargeait sur sa table de chevet, en le débranchant d'un geste vif. Il avait un nouvel e-mail sur son adresse cryptée.

— Les affaires reprennent, monsieur Watson !

Il ne savait plus d'où il tenait cette réplique, mais il semblait qu'il la connaissait depuis toujours. Bien que sa vie soit aux yeux de tous superficielle, il n'était pas inculte pour autant. Il aimait beaucoup lire, de grandes œuvres, des essais ou même de la politique. L'imaginaire, très peu pour lui. Un roman récent avait pourtant attiré son attention à sa dernière visite en librairie. Il n'en avait encore lu que la préface.

En ouvrant l'e-mail, il constata qu'il s'agissait bien d'une nouvelle mission. Des cousins qui voulaient retrouver un bijou. Totalement son champ d'expertise. Il leur donna rendez-vous deux jours plus tard, dans un petit café de la banlieue Est de Paradisia. Puis il reposa son téléphone et entra dans ses draps de soie. Il alluma enfin sa lampe de chevet. L'ampoule à faible éclairage n'eut pas d'effet sur lui, après des heures dans le noir. Il prit son nouveau livre sur la table et l'ouvrit au premier chapitre. Sur la couverture, on pouvait lire le titre. *La vérité sur Hodgkin Island.*

***

Nina prit son cutter et l'enfonça dans le ruban adhésif du dernier carton. Cela faisait déjà une semaine qu'elle avait pris possession des lieux et il lui avait bien fallu tout ce temps pour ranger ses affaires. Qui aurait cru qu'on pouvait entasser autant dans un si petit appartement ? Aujourd'hui qu'elle possédait une maison, il restait même encore de la place. Elle sortit plusieurs livres du carton et les posa sur l'étagère encore libre de sa deuxième bibliothèque. Ces ouvrages-là étaient précieux : sciences humaines, sciences sociales, psychologie, paranormal, croyances... Tous les sujets qu'elle pourrait aborder dans son nouvel emploi. Deux semaines plus tôt, elle n'aurait jamais cru être déjà si vite de retour à Paradisia. Elle pensait que rien ni personne ne pourrait la dissuader de rester dans sa montagne, dans la quiétude de son chalet. C'était sans compter sur plusieurs facteurs.

***

Deux semaines plus tôt

Tranquillement installée près de la cheminée, Nina reposa son livre sur les croyances primitives sur la table basse et prit la tasse fumante devant elle pour la porter à ses lèvres. L'eau infusée au citron n'eut pas le temps de toucher sa bouche. On avait frappé à sa porte. Personne ne savait où elle se trouvait à part sa meilleure amie Amelia, qui avait juré ne le dire à personne, même sous la torture. Ce devait être un livreur perdu ou un habitant du village en contrebas qui souhaitait un service. Elle se leva, s'approcha de la porte. Elle jeta un œil par la fenêtre adjacente en soulevant le rideau et reconnut immédiatement le fauteur de troubles. Elle hésita à ouvrir la porte sachant pourquoi il était là. C'était évident. Avait-elle envie de l'entendre ? Pourrait-elle l'accepter après tous ces mensonges ? Elle prit une profonde inspiration et jugea qu'elle pourrait au moins le confronter. La jeune femme ouvrit la porte d'un geste décidé.

— Professeur Ramirez.

— Nina. Puis-je entrer ?

Eric Ramirez avait les yeux cernés et le teint fatigué. Il avait fait un certain nombre de kilomètres pour retrouver Nina. Comment d'ailleurs avait-il fait ? Son mentor était plein de surprises. Cela n'avait pas dû être facile, mais il semblait déterminé par la tâche qu'il s'était donnée. La conversation n'allait pas être simple, mais il avait l'air prêt à l'avoir. Contrairement à Nina qui doutait encore.

En réponse à sa question, elle ouvrit la porte entièrement et s'écarta. Il entra et regarda autour de lui le chalet où Nina avait décidé d'élire domicile en se frottant les mains. Il portait pourtant des gants, mais le froid de ce début du mois de janvier dans les sommets infiltrait ses vêtements. Nina l'observa retirer son bonnet et ses gants, les poser sur la table basse et s'approcher du feu. Une fois satisfait par la température de son corps, il se tourna vers Nina, toujours debout devant la porte qu'elle avait refermée. Elle croisa les bras et s'appliqua à lui adresser son regard le plus sévère.

— Je sais pourquoi vous êtes là, Professeur.

— Nina, je t'en prie. J'ai mis du temps à te trouver. Tu peux au moins m'accorder cette conversation.

Il se redressa et Nina interpréta son regard comme une supplication. Ses cheveux grisonnants étaient en bataille et ses vêtements de ski faisaient clairement de lui un touriste. À cette altitude, on était loin des stations de ski et, bien qu'ils aient accepté Nina, les locaux n'étaient pas tendres avec les étrangers. Il avait dû en ce point rencontrer des difficultés à arriver jusqu'à elle.

— Je ne suis pas sûre d'en avoir envie.

— S'il te plaît.

Nina contourna le canapé et reprit finalement sa place. Ramirez prit cette action comme accord et s'installa à l'autre bout. Il voyait bien qu'elle n'osait pas le regarder. Par colère ? Sans doute. Il lui avait fait du mal en lui cachant la vérité. Mais cela n'avait jamais été son but.

— Je cherchais à te protéger.

— Tout ce temps ?! Vous étiez le meilleur ami de mon père biologique avant qu'il disparaisse de ma vie et vous ne vous êtes jamais dit qu'il serait bon que je connaisse la vérité ?!

Cette fois, Nina se tourna vers son mentor. Ses yeux lançaient des éclairs, comme Ramirez s'y attendait. Il savait que la foudre s'abattrait sur lui au moment même où il avait ouvert la bouche.

— Ta grand-mère m'avait fait juré… Je croyais que c'était pour ton bien. Tu sais, je ne le savais pas au début, quand je t'ai rencontrée. C'est plus tard que j'ai compris. Quand j'ai su le nom de ta grand-mère.

La jeune femme pouvait voir la détresse du professeur dans ses yeux. Il ne savait pas comment faire comprendre ce qu'il ressentait et ce qu'il avait ressenti pendant toutes ces années de mensonges. Nina se mura dans le silence.

— J'ai eu maintes fois l'envie de t'en parler. Mais je ne pouvais pas briser la confiance de ta grand-mère. Je la respecte trop pour ça.

— Et moi ? Avez-vous eu du respect pour moi pour me mentir pendant toutes ces années ?

Le cycle des âmes

Nina était une véritable *snipeuse*. Dès qu'un mot se formait dans la bouche de Ramirez, elle le décortiquait et aussitôt, la répartie fusait. Il n'avait pas le droit à l'erreur, il le savait.

— Nina, je suis désolé. Je ne suis pas venu ici pour te convaincre, mais pour essayer de me racheter. J'ai une proposition à te faire.

La jeune femme fronça les sourcils. Elle ne l'avait pas vue venir, celle-là. Elle dut s'avouer qu'elle était curieuse de ce que pensait pouvoir faire Ramirez pour redorer son blason auprès d'elle.

— Laquelle ?

Le professeur d'université prit une profonde inspiration et s'éclaircit la gorge.

— Je ne sais pas où est ton père. Il n'a plus donné de nouvelles lorsqu'il t'a abandonnée à ta grand-mère. Je ne sais pas non plus si tu souhaites le retrouver. Mais si tel est le cas, je suis prêt à le chercher pour toi.

Nina resta sans voix. À ce moment-là, elle ne pouvait prendre de décision. Elle ne s'attendait pas à ce que Ramirez fasse tout ce voyage pour lui proposer une telle entreprise. Voulait-elle vraiment rencontrer son père ? Il l'avait abandonnée sans aucun remords. Et Nina avait déjà un père, aimant, qui avait toujours été présent pour elle. Que pouvait lui apporter Stéphane de plus ? Quelque part, elle avait peur aussi d'être déçue. Quant à son mentor, il semblait avoir beaucoup de ressources, mais parviendrait-il à le retrouver ? La jeune femme ne savait pas si elle pouvait, ou même si elle voulait, lui accorder de nouveau sa confiance. Tant de questions se bousculaient dans sa tête qu'elle fût incapable ce jour-là de lui donner un verdict.

Le cycle des âmes

***

Présent

Deux semaines plus tard, elle savait quoi répondre. Elle n'avait pas encore revu le professeur, son retour à Paradisia ayant été mouvementé. Il n'était plus question pour elle de revenir dans son ancien appartement, il ne faisait que faire remonter ses souvenirs d'Hodgkin Island. Et elle avait besoin de tourner la page de sa vie avec Théodore. Elle demanda à son éditrice de l'aider à trouver une maison. Après avoir accepté l'offre de son nouvel emploi, elle réussit à obtenir un prêt pour acquérir son nouveau chez-elle. Par chance, la maison était déjà vide de ses occupants et Nina put très vite obtenir les clés. Le temps de déménager ses affaires de l'appartement et de rendre la maison acceptable à vivre, elle avait passé une longue semaine chez ses parents. Elle savait dorénavant qu'ils n'étaient que ses parents adoptifs, mais pour Nina, cela n'avait rien changé. Elle les aimait comme une fille aimait sa mère et son père. Cependant, quand on a 25 ans, retourner chez papa-maman n'est pas chose aisée et Nina avait hâte de retrouver son indépendance et pour la première fois, la joie d'être propriétaire.

Sa nouvelle maison se situait au 412 avenue Sigmund Freud. La jeune femme avait trouvé cocasse de s'installer dans une rue portant le nom d'un éminent psychiatre en étant diplômée de sociopsychologie. Une sorte de blague privée que ne pouvaient comprendre que ses anciens camarades de promo. La maison était localisée dans un quartier pavillonnaire, pas trop éloignée du centre-ville, mais suffisamment pour ne pas avoir les désagréments qui lui étaient liés. Parmi ses voisins, Nina avait pu apercevoir des couples nouvellement accompagnés d'enfant ; des couples de personnes âgées ; des familles monoparentales et des couples sans enfant. Nina avait peur de faire tache, toute seule, célibataire et sans enfant. Mais ce qu'elle recherchait surtout, c'était le calme et des voisins sans trop d'histoires pour agiter ses nuits. La maison était restée longtemps sur le marché sans que la jeune femme ne sache pourquoi. Mais cela avait arrangé ses affaires : la vente puis son installation avaient pu se faire très rapidement, les anciens propriétaires étant pressés de s'en débarrasser.

C'est ce qui avait été le plus dur en revenant à Paradisia : retrouver les Rêves, ses visions insupportables qu'elle ne pouvait contrôler et qui lui rendaient le sommeil douloureux. Au chalet, vivant en ermite, les visions s'étaient presque tues. Le bouillonnement de la vie citadine les avait fait revenir. Nina se devait de l'accepter. Elle avait ce Don, c'était ainsi. Elle devait trouver comment s'en servir à bon escient et surtout arriver à le contrôler. Ses recherches se poursuivaient, car malgré des centaines d'heures, elle n'avait trouvé que peu d'informations et encore moins de personnes pour la renseigner concrètement. C'était comme si ce Don n'avait jamais existé chez personne d'autre. Certaines croyances, cependant, avaient parfois des similitudes avec ce que Nina vivait depuis quelques mois. C'était sur ce point qu'elle devait creuser.

Pour le moment, sa préoccupation principale était de tout terminer à temps pour son premier repas de famille en tant qu'hôtesse et propriétaire. Elle plia le carton vide et descendit le ranger au garage. Il lui restait encore deux heures et demie pour finir de préparer le déjeuner, dresser la table et se pomponner. Nina était rarement coquette, plaire n'ayant jamais été un objectif. Mais depuis sa vie avec Théodore sur Hodgkin Island, son avis avait quelque peu évolué sur le sujet. Nina devenait une vraie femme, prenant soin d'elle, choisissant méticuleusement sa tenue, prenant même le temps de se maquiller légèrement. C'était un changement radical pour la jeune femme qui en entraînait un autre. Après avoir finalement vécu une histoire d'amour, si ce n'est en réalité, au moins dans le cœur, Nina commençait à se dire qu'être en couple n'était peut-être pas si inutile. Elle ne recherchait rien, mais si une rencontre devait se produire, elle ne la refuserait pas. Que de changements dans sa vie depuis ce séjour étrange ! Il y avait du bien et du moins bien, mais il était limpide que la vie de Nina avait changé. Elle ne le savait pas encore, mais son évolution était loin d'être terminée.

CHAPITRE 02

L a nuit était bien avancée lorsque la jeune femme se retrouva devant sa porte d'entrée. Seul le lampadaire de la rue devant chez elle illuminait son visage ainsi que celui de la personne qui l'accompagnait. Nina esquissa une tendre caresse sur sa joue, un sourire aux lèvres. Il était difficile pour elle d'analyser ce que l'autre pensait à ce moment-là, l'expression de ses traits ne trahissant rien. Mais la jeune femme était convaincue que si cette autre créature était là, c'est qu'elle le désirait. Cela faisait longtemps que Nina n'était pas sortie dans un bar pour essayer de rencontrer quelqu'un. Depuis que son mari était parti avec cette salope de caissière, elle ne se sentait pas prête à assumer sa vie. Ses parents leur ayant acheté la maison, Nina avait pu la garder et c'était un tracas de moins. Mais y faire venir quelqu'un d'autre lui procurait une émotion étrange. Elle était à la fois excitée par ce pas en avant, mais aussi perturbée par ce sentiment de culpabilité qu'une petite voix dans sa tête n'arrêtait pas de lui rappeler. Devant le joli minois de son partenaire, elle oublia vite ses réticences. Enfin, elle pouvait être qui elle était, assumer sa vraie personnalité. Elle n'était peut-être pas prête à annoncer qu'elle souhaitait refaire sa vie ainsi, mais ce soir, rien n'importait d'autre que les yeux bleus magnifiques qui la transperçaient.

Nina enfonça enfin la clé dans la serrure et ouvrit la porte d'entrée. Elle fit un pas dans la maison, ôta son manteau qu'elle accrocha à la patère du vestibule et jeta un œil rapide dans le miroir en pied qui se dressait derrière la porte. Ses collants roses n'étaient pas filés, elle réajusta rapidement le nœud de son bandana dans ses cheveux et remit sa ceinture rose en place sur sa tunique noire. Elle avait osé ce soir-là et le poisson avait mordu. Toujours souriante, elle s'apprêtait à se retourner quand elle sentit dans le dos une douleur aiguë. Elle entendit la porte se refermer derrière son accompagnateur quand elle s'aperçut que la douleur ne passait pas. D'une main tremblante, elle tenta de trouver l'origine de ce mal en tâtonnant son dos. Elle sentit un liquide imprégner progressivement sa tunique lorsqu'un autre coup lui fut porté. Nina comprenait peu à peu ce qu'il lui arrivait, la panique envahissant son être. Lorsque le troisième coup entailla son dos, elle sut qu'une lame la transperçait. Les coups se firent plus rapprochés au fur et à mesure que Nina se recroquevillait sur elle-même vers le sol qui s'approchait rapidement. Elle voyait son sang se répandre sur le tapis à ses pieds, ce tapis que Nick avait choisi comme cadeau de mariage. Elle ne l'avait jamais aimé et mourir dessus lui donnait la nausée. Ou bien était-ce à cause de tout le sang qui s'échappait de son corps ? La tête lui tournait et elle avait de plus en plus de mal à penser. D'ailleurs, elle ne réfléchissait plus. Dans son esprit, elle ne contrôlait plus rien. Elle essaya de se concentrer sur sa respiration qui était de plus en plus saccadée. Elle sentait ses forces l'abandonner. Ses jambes ne la tinrent bientôt plus et elle s'écroula finalement sur le tapis.

Nina tenta de voir de nouveau le visage de la personne qui l'assassinait pour essayer de comprendre pourquoi. Mais c'était trop tard. Bien qu'elle levât les yeux vers elle, Nina ne voyait plus rien que du flou qui s'assombrissait à vitesse grand V. Elle crut déceler un sourire sur le visage de son meurtrier. Le cœur de Nina ne battait quasiment plus lorsqu'elle se réveilla dans son lit tout neuf du 412 avenue Sigmund Freud à Paradisia.

***

Le lendemain matin, les talons de Nina résonnaient sur le carrelage du hall de l'université de Buade. Bien que légèrement perturbée par son rêve de la nuit, la jeune femme se sentait sereine. Elle avait tellement arpenté les couloirs de l'université en jeans et en baskets quelques mois encore auparavant, que revenir en robe tailleur noire et en talons marquait un réel changement. Son statut même avait changé. Elle n'était plus la jeune étudiante obsédée par sa réussite aux examens. Elle était à présent une femme qui entrait dans le monde professionnel.

Nina se rappelait très bien le jour où elle avait reçu ce mail du doyen qui lui offrait un emploi, c'était le lendemain de la venue d'Eric Ramirez au chalet. La jeune femme, qui dorénavant croyait à l'existence du destin, y avait vu un signe. Elle avait alors plusieurs raisons de revenir à

Paradisia et elle avait pris conscience qu'elle ne pourrait se terrer et échapper à la vie indéfiniment. Ce Don, quel qu'il soit, ne pouvait pas l'empêcher de réaliser ses rêves et de devenir la personne qu'elle était censée devenir. Et ce poste à l'université était ce qu'elle avait toujours désiré. Elle savait que c'était une chance incroyable que d'avoir une place comme celle-ci, dans une université si prestigieuse, à seulement 25 ans. Le doyen lui faisait confiance. Il fallait dire que sa thèse avait été très bien accueillie dans le monde universitaire. Et, sans doute, Eric Ramirez avait dû finir de convaincre le doyen. Nina n'allait pas s'en plaindre. Elle avait décidé de faire un effort avec son mentor. Il était tellement important dans sa vie, qu'elle ne pouvait pas le laisser sur la touche, même après des années de mensonges. Mais il allait devoir ramer pour se faire pardonner.

Nina passa devant le buste en bronze de Louis de Buade et le salua d'un signe de tête. Elle s'amusa de son geste. Louis de Buade avait été un pionnier de l'Union. Il était né en France avant de venir installer une colonie dans ce qui s'appelait encore le Nouveau Monde. Cette colonie avait pris le nom du Paradis, car c'est ce qu'était ce continent pour Louis de Buade. Les fondations de la colonie furent solides à tel point qu'elle ne céda jamais aux Anglais. Beaucoup d'hommes de Paradisia se battirent au côté de Louis de Buade afin que le nord de l'Amérique devienne la Nouvelle-France, puis l'Union, après son indépendance avec la France. Lorsque l'université avait été créée, il avait été logique de lui donner le nom de ce grand homme qui avait tant fait pour la ville, mais aussi pour le pays. Il était mort avant la guerre d'indépendance, à l'âge de 76 ans. Cette statue signifiait surtout que l'amphithéâtre B4 n'était pas loin. Nina ouvrit doucement la porte, sans savoir si un cours s'y déroulait. Par chance, le lieu était vide. Elle descendit prudemment les marches, peu habituée encore à marcher avec des talons, et s'arrêta devant la porte du bureau de son mentor. Elle inspira profondément et frappa.

La voix rauque de Ramirez lui répondit d'entrer. Le professeur était assis derrière son bureau, son assistante Sheryl debout à ses côtés. Tous deux levèrent la tête en simultané pour observer la nouvelle venue. Et Nina fut amusée de voir quatre yeux comme des ronds de flan. Sheryl la regarda rapidement de haut en bas. Son nouveau look ne passait pas inaperçu.

— Nina ?!

— Bonjour Professeur, bonjour Sheryl.

La jeune femme resta debout, tenant la mallette contenant son ordinateur, les mains croisées devant elle. Un ange passa et avec lui un silence qui sembla durer plusieurs minutes. Sheryl fut la première à reprendre ses esprits.

— Professeur, nous verrons ça après. Je... Je vous laisse.

La jeune femme passa à côté de Nina en lui adressant un léger sourire et sortit. L'ex-étudiante s'avança devant le bureau, posa sa mallette sur une chaise et s'assit sur l'autre. Ramirez la fixait toujours. Un sourire se dessina sur son visage.

— Tu es sublime.

— Merci.

Nina essaya de se montrer froide et professionnelle. Elle lui en voulait encore, c'était évident. De tels mensonges laissaient des traces qu'il n'était pas facile d'effacer. Cependant, elle était prête à faire un pas vers lui.

— Alors...

— Je viens faire ma première conférence.

La jeune femme observa l'effet de sa phrase sur Ramirez. Il n'eut pas l'air étonné. Au contraire, il sourit de nouveau.

— Félicitations. Je savais que tu avais accepté l'offre du doyen, mais je n'étais pas sûr que tu passes me voir…

— J'ai réfléchi à votre offre. Celle de retrouver mon père.

Nina inspira profondément avant de poursuivre. Ramirez l'écoutait attentivement, les mains croisées sur son bureau.

— Je l'accepte. Si elle est toujours valide bien sûr.

— Absolument !

Son mentor avait l'air ravi. Cet enthousiasme mit Nina mal à l'aise. Leur relation ne pouvait pas encore redevenir comme avant. D'ailleurs, ce ne serait sûrement pas possible. Elle lui pardonnerait. Sûrement. Mais pas encore.

— Pour le moment, je ne veux rien savoir. Trouvez-le, parlez-lui et ensuite, je reviendrai vous voir. Suivant les informations que vous me donnerez, je déciderai de la suite. Marché conclu ?

Elle avança sa main ouverte. Son visage ne montrait rien. Cette imperceptibilité contraria Ramirez. Il ne l'avait pas vue pendant plusieurs semaines, sans aucune nouvelle. Et aujourd'hui, il semblait avoir un robot sans cœur devant lui. Ce n'était pas la Nina qu'il connaissait. Il se sentait idiot d'avoir cru que tout redeviendrait normal au moment où la jeune femme serait de retour à Paradisia. Eric Ramirez prit sa main dans la sienne et la serra doucement en plongeant ses yeux dans le regard de Nina.

— Marché conclu.

Nina soupira. Une bonne chose de faite. Elle avait réussi à être ferme sur ce qu'elle voulait. Tellement que Ramirez n'avait rajouté aucune condition. Elle s'était attendue à plus de combativité de sa part. Mais elle était ravie que l'entretien se soit passé aussi simplement. Elle se leva, lissa sa robe et récupéra sa mallette après un coup d'œil à sa montre.

— Je dois vous laisser. Je vous dirai bien de ne pas venir dans le public, mais vous allez venir quand même, n'est-ce pas ?

Il lui sourit en levant les yeux vers elle. Il n'avait pas à en faire plus. Nina le connaissait bien et avait bien cerné sa décision. Mais il lui laissait un peu d'avance. Sans un mot de plus, la jeune femme sortit du bureau, remonta les marches pour sortir de l'amphithéâtre B4 et se diriger vers le B6.

Le cycle des âmes

CHAPITRE 03

lbert récupéra son macchiato du bout des doigts pour éviter de se brûler et choisit une table libre dans le recoin de la salle du café. L'homme de 35 ans y était déjà venu une fois. Cet établissement, à la limite extérieure de Paradisia, était idéal pour qui ne voulait pas se faire voir. Il était totalement improbable qu'Albert rencontre ici quelqu'un qu'il connaisse personnellement. Mais il évitait de convenir ses rendez-vous dans le même lieu trop souvent : la discrétion et l'irrégularité étaient les clés pour pouvoir continuer à travailler sans révéler son identité et son Don aux yeux du monde. Aujourd'hui, il attendait deux clients, un frère et une sœur.

Appolo Cavanagh était un homme d'affaires de 36 ans dans le domaine du numérique, il proposait des services de gestion de réseaux sociaux, de conception de sites web, de plateforme téléphonique, etc., pour d'autres entreprises, mais aussi pour des particuliers. Ses tarifs étaient très compétitifs et il avait pu se faire rapidement une place dans ce monde en expansion constante. Sa sœur, Cassandre Bazin, née Cavanagh, était une femme au foyer qu'Albert appelait *de luxe*, c'est-à-dire avec nourrice pour ne pas s'épuiser. Elle élevait ses deux enfants, Cassiopée et Léandre, dans une sublime demeure à l'extérieur de Paradisia. Son mari, dans la finance, n'était que peu présent à la maison. Il se murmurait qu'il avait fait de mauvais placements et que les Bazin cherchaient de l'argent pour garder leur train de vie...

Albert allait vite être fixé par leur demande. Il avait appris à se renseigner et à analyser ses clients. Le genre des Cavanagh-Bazin, Albert connaissait bien. Il était sûr à 98 % qu'ils recherchaient un objet précieux, familial et d'une valeur pécuniaire importante.

Albert buvait une gorgée de son macchiato quand la clochette annonçant l'entrée de nouveaux clients lui fit lever les yeux. Un homme assez grand en costume noir et cravate bleu marine tint la porte pour laisser entrer une femme, légèrement plus jeune, habillée d'un tailleur jupe mauve, d'un collier de perles blanches et coiffée comme une aristocrate de la famille royale britannique. Ils jetèrent un coup d'œil autour d'eux d'un air de biche en pleins phares. Pour sûr, ils n'avaient pas l'habitude de fréquenter ce genre d'endroit de la populace. Quand ils se tournèrent dans sa direction, Albert leur fit un rapide signe de la main en posant sa tasse de l'autre. Ils slalomèrent entre les tables avant d'atteindre leur but. Albert les invita d'un geste à s'asseoir en face de lui. Cassandre Bazin sortit un mouchoir de son sac afin d'essuyer le siège de sa chaise d'un air dégoûté. Appolo Cavanagh déboutonna sa veste de costume avant de s'asseoir. Albert les observa faire leur manège en souriant intérieurement. Lui aussi évoluait dans un monde luxueux, mais il savait d'où il venait et respectait trop les travailleurs populaires pour les dénigrer avec de tels gestes. Cependant, ses clients étaient souvent nés la cuillère en argent dans la bouche ou alors avaient oublié dans quelle misère ils avaient grandi. Une fois installés, Appolo Cavanagh prit la parole d'un ton assuré.

— Monsieur A, nous...

— Monsieur Cavanagh, madame Bazin. Enchanté.

Surpris d'avoir été interrompu, Cavanagh n'eut pas l'irrespect de poursuivre alors qu'Albert parlait. Albert savait très bien pourquoi. Ils avaient besoin de lui.

— Avant que vous m'exposiez le but de ce rendez-vous, j'aimerais d'abord vous préciser mon fonctionnement.

Il attendit une seconde avant de poursuivre. Ses clients potentiels ne semblèrent pas vouloir le contredire. Il poursuivit.

— Le premier point à aborder est la confiance. Vous devez me faire confiance. Vous ne saurez pas comment j'ai fait, mais je vous satisferai. Vous ne saurez rien pendant l'avancée de l'affaire, je ne communique pas pendant mes recherches. Quand j'aurai trouvé ce que vous cherchez, nous conviendrons d'un nouveau rendez-vous.

Appolo Cavanagh écoutait d'un air impassible. Cassandre Bazin acquiesçait vigoureusement. Il était temps pour Albert d'aborder le nerf de la guerre. Autour d'eux, le ballet de la serveuse avait diminué d'intensité, le brouhaha ambiant couvrait cependant toujours la voix d'Albert.

— Cette confiance doit aller dans les deux sens. C'est pour cela que je vous demande la moitié du règlement dès aujourd'hui par virement bancaire. La deuxième partie devra m'être virée de la même façon dès que les résultats de la recherche vous seront connus. Mes tarifs sont gradés et je vous ferai une offre à la fin de ce rendez-vous, une fois que je connaîtrai la nature de votre demande.

Il s'octroya une nouvelle respiration pour laisser le temps à ses futurs clients d'intégrer tout ce qu'il venait d'exposer.

— Est-ce que cela vous convient pour le moment ?

Appolo et Cassandre échangèrent un regard avant d'accepter.

— Très bien. J'ai besoin d'en savoir le plus possible sur votre recherche.

Appolo Cavanagh se raclait la gorge quand la serveuse vint les interrompre. Ils commandèrent deux cafés pour qu'elle les laisse tranquilles et Cavanagh se lança enfin.

— En 1984, une grande cousine, Virginie Cavanagh disparut en ne laissant aucune trace.

Albert fronça légèrement les sourcils. Son instinct l'aurait-il donc trompé ? Il préféra laisser poursuivre Cavanagh sans réagir.

— Elle... portait un objet précieux, un bracelet, possédé par la famille Cavanagh depuis des années. Nous... Nous aimerions que vous le retrouviez.

Albert ne put s'empêcher de sourire. Son instinct était intact. Et les rumeurs semblaient dire vrai. Ce n'était pas un hasard si les cousins recherchaient ce bracelet aujourd'hui.

— Dites-m'en plus sur ce bracelet.

Appolo regarda sa sœur. Au vu de son collier en perles qui était loin d'être bas de gamme, Cassandre Bazin devait plutôt s'y connaître en bijoux. Cette dernière se chargea de la description.

— Il s'agit d'un Tiffany Victoria en platine 950 millièmes et diamants taille brillant et fermoir en diamants taille marquise, pour un total de 8,45 carats. Il a une très grande valeur.

La femme au foyer sembla attendre une réaction d'Albert à l'évocation de l'estimation du bracelet. Elle dut être déçue, car rien ne s'afficha sur le visage de l'homme. Il avait retrouvé et touché des objets bien plus chers et en possédait même quelques-uns. Il se contenta de poursuivre ses interrogations.

— Par hasard, auriez-vous une photographie du bijou ?

Cassandre Bazin desserra l'étreinte autour du sac à main posé sur ses genoux, l'ouvrit d'un geste et en retira soigneusement une photo jaunie. Elle la tendit à Albert qui la prit avec précaution. Il y observa une jeune femme brune, élancée, mais d'une taille moyenne, en jean patte d'eph violet et haut jaune fluo, au pied d'un sapin. À son poignet, un étincelant bracelet de couleur platine et aux diamants découpés avec finesse.

— Je suis navrée, on ne voit pas précisément le bracelet...

— Ne vous excusez pas, madame Bazin, c'est très bien. De plus, j'imagine que la jeune personne sur cette image est votre cousine Virginie ?

— En effet.

Albert posa de nouveau les yeux sur la photo et la retourna d'un geste. Une date était inscrite au verso : 25/12/1983.

— Vous m'avez dit que Virginie avait disparu en 1984, auriez-vous plus de précisions ?

Le frère et la sœur échangèrent à nouveau un regard, gêné cette fois.

— Malheureusement, non... Virginie s'était éloignée de la famille. Elle voulait vivre sa vie comme elle l'entendait.

Les femmes s'étaient libérées... Quand la famille s'est rendue compte qu'elle avait disparu, elle n'avait pas payé son loyer depuis trois mois. C'était en... mai 1984.

Albert fit un rapide calcul. Elle devait avoir laissé son appartement en janvier ou février de la même année.

— Est-ce que je peux garder la photo ?

— Bien sûr.

L'homme rangea l'image dans la poche intérieure de sa veste. Il se rappela soudain son macchiato et voulut en boire une gorgée. Il reposa rapidement la tasse qui était froide. La serveuse arriva enfin avec les deux cafés pour ses clients. Ils la remercièrent du bout des lèvres avant de se tourner de nouveau vers Albert. Appolo Cavanagh semblait sur des charbons ardents à présent. Albert connaissait la prochaine question qui sortirait de ses lèvres.

— Alors... pouvez-vous nous dire... combien cette recherche va nous coûter ?

Albert sourit. La recherche d'un objet était plus coûteuse qu'une recherche de personne, car en général, elle comportait plus de difficultés. Cette affaire ne faisait pas exception à la règle, trouver la dernière propriétaire du bijou n'allait déjà pas être simple, surtout que l'objet avait pu être volé à Virginie Cavanagh et transmis dans le temps. L'homme finit par donner son prix.

— 300 000 francs.

Il s'appuya sur le dossier de sa chaise et laissa ses futurs clients encaisser. Cassandre Bazin sortit un nouveau mouchoir de son sac et se tamponna le visage. Appolo Cavanagh se redressa sur sa chaise et fit craquer son cou.

— 150 000 ce soir. 150 000 le jour où je vous rapporte le bracelet. Si vous acceptez...

Le cycle des âmes

Albert vit Appolo déglutir difficilement. Il devait peser le pour et le contre d'une telle dépense, surtout si l'argent se faisait rare. Albert se fichait du prix du bijou, il n'avait aucun intérêt à mettre le couteau sous la gorge de ses clients, encore moins s'il voulait garder sa réputation. Ils allaient sans doute en tirer une somme plus importante. Les Cavanagh se débrouilleraient alors pour trouver le paiement d'Albert. Ce dernier attrapa sa sacoche en cuir posée depuis le début sur la chaise à ses côtés, ouvrit la fermeture éclair et en tira deux documents. Il prit également un stylo avant de le poser avec le premier document devant le frère et la sœur.

— Si vous acceptez, je vous demanderai de remplir ce document, de le dater et de le signer maintenant. Un contrat entre nos deux parties. Ce document sera strictement confidentiel, il n'y en aura qu'un exemplaire que je garde en lieu sûr. Si vous respectez les termes de ce contrat, il sera détruit dès que notre affaire sera terminée. Rappelez-vous. La confiance est la clé.

Un nouveau regard fut échangé, mais leur décision était déjà prise. Appolo Cavanagh prit le premier le stylo et sa sœur termina de remplir le document. Tous deux signèrent sans autre forme de procès. Albert récupéra la feuille et la rangea soigneusement avant de refermer sa sacoche. Il fit enfin glisser le dernier document vers eux.

— Voici le compte sur lequel faire le virement. Je vous laisse jusqu'à minuit. Je ne vous conseille pas de dépasser cette limite.

Albert appuya sa dernière phrase d'un regard qui montrait toutes les conséquences que cela pourrait avoir sur les deux personnes en face de lui. Il se leva, déposa un billet pour les cafés sur la table. Appolo et Cassandre levèrent tous les deux les yeux vers lui, légèrement déstabilisés.

— N'oubliez pas. Nous ne communiquerons pas pendant mes recherches. Je vous contacterai dès que j'aurai ce que vous voulez. J'attends l'argent. À bientôt, monsieur, madame.

Albert traversa la salle, droit devant lui, puis sortit du café sans aucun regard en arrière pour ses nouveaux clients. Il héla un taxi au bord de la route et disparut dans la circulation de la ville, heureux d'avoir une nouvelle affaire.

***

Nina cliqua sur l'icône Enregistrer de son traitement de texte, satisfaite. Ses premiers cours de Travaux Dirigés pour l'université étaient prêts. Après plusieurs heures à développer le thème de ce semestre, les croyances en sociopsychologie, elle était fière de son travail, motivée à 100 % par sa première conférence dont les élèves étaient ressortis ravis. Des échos qu'elle avait pu avoir par eux, mais aussi par les quelques professeurs qui y avaient assisté, Nina avait conquis son auditoire. Elle avait mis la barre haute, il n'était à présent pas question de dégringoler. Elle referma son ordinateur portable, le sourire aux lèvres. Elle avait hâte de pouvoir communiquer avec ses nouveaux élèves de façon plus intimiste. C'était pour elle l'avantage des TD en petits groupes : l'échange.

Après un rapide coup d'œil à sa montre, elle décida qu'il était temps de dormir pour être au maximum de ses capacités le lendemain. Elle se leva, éteignit le plafonnier de son bureau et se dirigea vers la salle de bain, annexe à sa chambre, à l'étage de la maison. Après ses ablutions, elle entra dans la chambre pour se mettre au lit. Nina eut un pincement au cœur en se glissant entre les draps. Elle avait réussi à ne pas penser au meurtre qu'elle avait vécu en rêve pendant cette journée, mais à l'aube de tomber dans les bras de Morphée, elle ne pouvait échapper à ce souvenir. C'était la première fois qu'elle incarnait un être humain mourant et ce n'était pas ce qu'elle avait rêvé de plus agréable, bien qu'elle n'ait pas encore une grande expérience avec son Don. Allait-elle de nouveau rêver de la victime ? Si Nina avait bien compris une chose, c'est que chaque rêve avait un but. La jeune femme inspira profondément et s'installa confortablement. Elle essaya du mieux qu'elle put de mettre son appréhension de côté pour s'endormir. Quelques minutes plus tard, comme elle s'y attendait, elle n'était plus dans son lit.

Nina ouvrit les yeux dans un brouhaha de voix. Elle mit quelques instants à comprendre qu'elle était de nouveau dans un rêve. Elle arrivait de plus en plus rapidement à s'en rendre compte et cela lui facilitait grandement la tâche. Elle jeta rapidement un regard autour d'elle, mais n'eut pas le temps de traîner sur son observation.

— Joe, deux pressions pour les deux gars au fond.

La jeune femme se tourna vers la voix qui semblait lui avoir parlé. Un homme d'une quarantaine d'années aux cheveux mi-longs se tenait devant elle. Un comptoir en bois les séparait. Nina comprit dans quel lieu elle se trouvait. Il s'agissait à présent de trouver dans quelle époque.

— Pardon ?

— Allô ! Joe ! Deux pressions, s'il te plaît. La table du fond.

Le cycle des âmes

Nina acquiesça, récupéra deux chopes derrière elle sur une étagère en verre et se dirigea vers la tireuse. Par des gestes assurés, prouvant qu'elle y était habituée, elle servit la boisson, posa les bières sur un plateau rond et se dirigea vers la table indiquée par celui qui devait être son patron.

— Bonsoir, les gars !

La jeune femme fut surprise par sa façon de parler. Elle avait une voix assurée et était familière avec les clients comme c'était sans doute de coutume dans ce genre d'établissement. Nina fréquentait très rarement les bars. Elle avait dû y aller deux ou trois fois, poussée par ses camarades de promo lorsqu'elle était encore étudiante à l'université.

— Merci, Joe !

En posant les verres sur la table, Nina réalisa que les clients ne l'avaient pas appelée par son prénom. Sur Hodgkin Island, elle avait été Nina tout le long de son aventure avec Théodore. La révélation sur sa véritable identité n'ayant été dévoilée que tardivement. Aujourd'hui, les choses étaient différentes. Elle avait un prénom : Joe.

— De rien !

Elle repartit avec son plateau derrière le comptoir. Son patron discutait avec un groupe de jeunes gens qu'il semblait bien connaître. Tous les autres clients présents dans la salle étaient servis, Nina allait pouvoir s'adonner à une petite observation. Pour commencer, elle remarqua qu'elle était davantage consciente de son statut. Elle savait qu'elle était elle, Nina, dans le corps d'une autre. C'était une avancée par rapport aux autres rêves qu'elle avait déjà vécus. Pourquoi cela arrivait-il aujourd'hui, elle n'en avait aucune idée. Ensuite, elle observa rapidement son corps.

Le cycle des âmes

Elle était assez fine, les cheveux blonds attachés en queue-de-cheval très haute. Elle portait un jean taille haute à la couleur bleue délavée. Son tee-shirt noir asymétrique laissait dégager son épaule droite. C'était tout ce qu'elle pouvait voir de la dénommée Joe pour le moment. La période dans laquelle elle évoluait se dessinait progressivement. Elle se promena entre les tables de façon nonchalante, donnant l'illusion de vérifier si les clients n'avaient besoin de rien.

Le bar était totalement en bois sombre, la lumière tamisée. La décoration était assez intemporelle, difficile d'évaluer une époque avec ces éléments. Soudain, elle trouva l'objet idéal : un calendrier accroché au mur près de la porte des toilettes. Elle s'approcha et regarda la date : 9 décembre 1983. Le calendrier confirmait les soupçons de Nina, elle évoluait dans les années 80. Dans ses pensées, elle fut surprise de sentir une présence à côté d'elle. Son patron l'observait, les traits légèrement tirés.

— Tout va bien ?

— Ouais, ouais. Je suis un peu déphasée ce soir. Je me suis encore pris la tête avec ma mère, et mon père ne va pas très bien…

— Ah merde, je suis désolé pour toi.

— Merci, Will.

La jeune femme était étonnée d'avoir toutes ces informations. C'était comme si elle était consciente d'être elle, tout en utilisant les pensées, les souvenirs et les émotions de Joe. Le dénommé Will semblait sur le point d'ajouter autre chose quand un bruit aigu et répétitif résonna dans le bar.

— Qu'est-ce que c'est ?

Nina chercha autour d'elle, au plafond, sur les murs, d'où pouvait provenir le son. Elle doutait que dans les années 80, les alarmes incendie fussent obligatoires.

— De quoi tu me parles ?!

Will était visiblement étonné du manège de son employée. Nina comprit alors que le bruit ne provenait pas de ce monde, mais de la réalité. Elle tourna de nouveau la tête et se retrouva dans son lit, les yeux ouverts. D'un geste de la main, elle arrêta la sonnerie du réveil.

CHAPITRE 04

L a jeune femme remercia la vendeuse du Starbucks près de l'université et sortit en buvant une gorgée de son café. Un café long, avec du sucre et du lait, bien chaud, qui la fit pourtant grimacer. Nina n'était pas une grande adepte du café, mais la nuit n'avait pas été de tout repos. Même si son rêve n'avait pas été agité de sang, chaque nuit rêvée n'était guère réparatrice, peu importait le sujet du rêve. D'ailleurs, Nina ne comprenait pas l'intérêt de sa dernière vision.

Elle s'était attendue à revivre le meurtre à l'entrée de sa maison, ou bien à revoir la victime dans une autre scène de sa vie. Découvrir une personne différente, cette Joe, lui avait paru incongru. Qui était-elle ? Y avait-il un rapport avec la victime ? Nina continua sa marche vers l'entrée sud de l'université, en buvant son café, dans ses pensées. Il y avait du monde à cette heure dans le parc conduisant aux bâtiments de Sciences humaines où se déroulaient les cours de sociopsychologie.

Les étudiants de SP étaient toujours les premiers à avoir cours, à 8 heures tapantes. Ils étaient ainsi habitués à se lever tôt, mais ils avaient également le privilège d'avoir cours moins tard dans la journée, ou d'avoir de longues pauses pour respirer ou travailler librement. Plusieurs personnes saluèrent Nina, soit d'un signe de tête, soit d'un *"Bonjour, madame"*, mais elle les entendit à peine, préoccupée non seulement par ses rêves, mais aussi par une nouvelle information. En consultant sa boîte mail la veille, elle y avait découvert un étrange message envoyé par un moine tibétain qu'elle avait connu lors des recherches effectuées pendant son séjour au chalet. Elle n'avait pas eu de ses nouvelles depuis longtemps, ayant laissé de côté ses investigations pour se concentrer sur sa nouvelle vie de professeur. Ce message lui indiquait un simple nom : Karan Sharma. Elle l'avait immédiatement recherché sur Internet, comme il était coutume de le faire désormais, et n'avait pas mis longtemps à découvrir son identité.

Karan Sharma était un psychologue réputé avec une double spécialité : celle des croyances bouddhistes et hindoues. Si son ami tibétain l'envoyait vers lui, il devait avoir des informations sur le Don. Ou du moins saurait-il l'aiguiller dans la poursuite de ses recherches. Nina avait, non sans inquiétude, pris rendez-vous avec lui par Internet le soir même. Elle tentait de ne pas avoir trop d'espoir. Cette rencontre pouvait aussi ne rien donner. Elle le saurait bien assez vite.

Elle entra dans le bâtiment et grimpa les escaliers jusqu'au premier étage, avant de s'arrêter devant la porte 14. Elle sortit la clé de son sac et l'inséra en tournant la tête vers la file de jeunes gens collés au mur, attendant de pouvoir entrer. Une dizaine d'hommes et de femmes. Elle ouvrit la porte et s'écarta pour les laisser entrer, un léger sourire sur les lèvres. Personne n'aurait pu remarquer son anxiété à l'idée de faire son premier cours. La conférence était une chose. Se retrouver à enseigner en était une autre. Certains étudiants lui adressèrent un sourire franc ou gêné en la saluant, d'autres semblaient se moquer d'être là. D'autres encore avaient clairement la gueule de bois. Nina referma la porte derrière elle, posa sa mallette sur la chaise derrière son bureau et s'assit sur la table. Elle souhaitait se montrer accessible tout en étant respectée. Il allait falloir trouver le juste milieu. La jeune femme prit le temps d'observer les membres du groupe A. Six femmes, trois hommes, dont un qui semblait n'en avoir strictement rien à faire d'être là, son sac à dos négligemment posé sur la table, en équilibre sur sa chaise, et la tête déjà dans les mains. Les autres sortirent chacun un carnet, un cahier, une feuille libre et un stylo. Quelques bouteilles d'eau apparurent également sur les tables disposées en U dans une petite salle carrée, bordée de fenêtres. Nina se trouvait au centre et de la salle et de l'attention.

— Bonjour à tous. Pour ceux qui n'auraient pas pu venir à la conférence de début de semestre, je me présente. Nina Stinkins, diplômée de sociopsychologie, options croyances et société, mention excellent.

— Crâneuse…

Ce n'avait été qu'un murmure dans la bouche d'une jeune femme à sa droite, mais Nina l'avait très bien entendu. Elle n'en fit pas de cas et ne regarda même pas l'étudiante. Les autres avaient visiblement noté la remarque, mais Nina préféra faire la sourde oreille. Elle nota cependant mentalement qu'étaler son CV devant les étudiants n'était pas une bonne entrée en matière. Elle poursuivit tout de même sa présentation.

— J'ai publié ma thèse, que le professeur Ramirez vous a normalement fait tous acheter, désolée pour ça…

Elle vit des sourires et entendit même quelques rires. Certains étudiants relevèrent la tête. Les autres étaient encore intimidés. Nina se rappelait très bien lorsqu'elle était à leur place, en début de première année.

— J'ai aussi publié un roman, *La vérité sur Hodgkin Island*, qui est basé sur des faits réels, dont nous parlerons prochainement.

La jeune femme ne remarqua aucune réaction franche, mais elle sentit par certains échanges de regard que la plupart des étudiants de ce groupe avaient lu son roman.

— Pour ce premier cours, j'aimerais que l'on apprenne à se connaître. Vous allez vous présenter chacun votre tour en quelques mots et me dire ce que le titre de ce module vous inspire, *Croyances et société*.

Nina attendit quelques instants qu'une main se lève. Elle ne voulait pas les brusquer, elle voulait qu'ils viennent à elle naturellement. La première jeune femme à sa gauche leva énergiquement la main. Nina lui donna la parole et l'écouta attentivement. Pendant qu'Alice parlait, Nina descendit du bureau et sortit un carnet de sa mallette afin de prendre des notes sur le ressenti des étudiants sur sa matière. Maintenant que quelqu'un s'était lancé, les mains jaillirent les unes après les autres. L'énergie qui se dégageait de ces jeunes rechargeait les propres batteries de Nina. Elle ne pensait plus à ses dernières visions ni à son Don, mais elle était là, ancrée dans le présent avec ses élèves.

À présent, un étudiant seulement n'avait pas encore pris la parole. Le jeune homme, toujours appuyé contre le mur, la chaise sur deux pieds, semblait dormir le visage dans ses mains. Les autres le regardèrent avec des réactions diverses. Les deux garçons ricanaient. Trois des jeunes femmes soupirèrent, sans être étonnées de son attitude. Les dernières adressèrent à Nina un regard circonspect. L'enseignante s'approcha en silence derrière l'étudiant. D'un geste vif, elle fit légèrement basculer la chaise. Le jeune homme sursauta et se redressa à temps pour ne pas tomber. La chaise, elle, se remit sur ses quatre pieds. Évidemment, le reste du groupe se mit à rire et l'élève moqué sembla sortir de sa torpeur. Il était sur le point de s'énerver contre celui ou celle qui l'avait mis ainsi au centre de l'attention lorsqu'il découvrit son professeur à ses côtés. Il referma la bouche, les traits tout de même tirés par la colère.

— Bonjour ?

— Bonjour, madame.

— Il est réveillé !

Les autres rirent à nouveau pendant que Nina faisait le tour des tables pour reprendre sa place sur le bureau.

— Tu es ?

Nina l'observa un peu plus en attendant sa réponse. Il portait un pantalon de jogging trop grand, des baskets qui semblaient très coûteuses et un tee-shirt d'une marque de sport très en vogue en ce moment.

— Max... Maxime.

— Très bien, Maxime. Enchantée. Est-ce que tu sais de quoi on parle ici ?

— Heu... De croyances. Et de société.

Le cycle des âmes

Le jeune homme semblait tourmenté par ce qui se passait dans la classe. Il baissa la tête quand ses camarades rirent de lui, encore une fois.

— Tu n'as pas tort. J'ai demandé à tes petits camarades ce qu'ils pensaient de l'intitulé du cours. Je te pose la même question.

Nina laissa Maxime réfléchir un instant. Plus les secondes défilèrent, plus les autres étudiants échangèrent des regards amusés. Ils semblaient attendre avec impatience la prochaine bourde de leur partenaire.

— Eh bien... Je crois qu'il n'y a pas de société sans croyances. L'idée même de fonder une société a été un jour une croyance. Quelqu'un y a cru et c'est ainsi qu'est née la société. Depuis, la ou plutôt les sociétés créent de plus en plus de croyances. C'est un cercle. L'une ne va pas sans l'autre.

La jeune enseignante tomba des nues. Maxime était loin de cette image que Nina s'était faite trop rapidement, loin d'être le fameux étudiant qui n'était là que pour faire plaisir à ses riches parents et il était loin d'être idiot. C'était même la réponse la plus intéressante qu'elle venait d'avoir pendant cette première heure de cours. Ses camarades semblèrent également décontenancés. Nina lui adressa un sourire.

— Eh bien, Maxime... Je crois que ce cours va t'intéresser.

Elle fixa son regard sur lui un instant avant de s'adresser aux autres.

— Pour demain, vous me lirez et analyserez la préface de ma thèse. J'aimerais avoir votre avis sur ce que l'auteur y présente. Bonne journée !

Le cycle des âmes

Aurélia, sa meilleure amie, éminemment connue dans la sphère universitaire, lui avait fait l'honneur d'écrire sa préface. Nina et elle se parlaient moins depuis son retour d'Hodgkin Island, mais leur amitié n'en était pas effritée pour autant. Les étudiants rangèrent leurs affaires avec une rapidité surprenante de la part de jeunes personnes parfois amorphes pendant le cours. Nina ne put s'empêcher de rire. Elle revoyait certains de ses propres camarades de promo alors qu'ils n'étaient que des bleus dans le monde universitaire. Ils sortirent tous en la saluant fugacement. Elle finissait de boire son café, qui était évidemment froid à présent, quand Maxime se posa devant elle. Nina reposa son gobelet d'un geste rapide.

— Je peux t'aider, Maxime ?

— Je... Je voulais m'excuser, madame. Pour mon attitude. Ça ne se reproduira plus.

Nina lui sourit, attendrie. Elle n'avait que quelques années de différence avec lui, mais elle ressentit presque un instinct maternel pour ce jeune homme.

— Merci pour ces excuses, Maxime. Nous allons bien travailler tous les deux.

L'étudiant esquissa un sourire, ajusta son sac à dos sur son épaule et sortit. Nina se mordit les lèvres, satisfaite de cette première heure de cours. Elle n'eut pas le temps de jubiler que le groupe B commençait déjà à s'installer.

— C'est reparti...

***

Eric Ramirez rentra chez lui de bonne heure ce soir-là. Il poussa la porte de son immeuble, salua le concierge et prit l'ascenseur jusqu'au deuxième étage. Il traversa le couloir à

47

la moquette pastel impeccable avant d'atteindre l'entrée de son appartement. Pendant qu'il déverrouillait la serrure, il remarqua que sa voisine de soixante-dix ans avait entrouvert sa porte pour observer qui faisait du vacarme dans le couloir, comme tous les jours. Le professeur franchit enfin le seuil de son appartement et fit glisser sa sacoche en cuir sur le sol de l'entrée en soupirant. Après une journée à donner des cours et à poursuivre ses recherches universitaires, une deuxième journée d'investigation commençait, dans un but bien différent : trouver le père de Nina Stinkins.

Depuis deux jours, il s'échinait à lister les souvenirs qu'il avait partagés avec Stéphane Martin : les lieux qu'ils voulaient visiter, les endroits où ils auraient aimé vivre, les métiers qu'ils auraient pu exercer... De ses souvenirs, certaines pistes avaient émergé, mais bien que l'outil internet soit puissant, les recherches d'Éric n'avaient toujours rien donné. Néanmoins, il était bon de se rappeler les temps heureux entre eux.

Stéphane et Eric s'étaient rencontrés à l'université. Ils n'étaient pourtant pas du tout dans la même branche : Eric savait déjà qu'il voulait évoluer en sciences humaines alors que Stéphane démarrait la médecine. Stéphane était au début un ami d'ami rencontré dans un bar. Mais très vite, il devint le meilleur ami qu'Éric Ramirez n'avait jamais eu. Quasiment un frère. Ils vécurent tout ensemble, et ce, bien après qu'Éric attaque son doctorat en sociopsychologie et que Stéphane devienne représentant pharmaceutique pour une grande marque de médicaments.

Ils se voyaient moins, car Stéphane voyageait beaucoup, mais leur lien était plus solide que jamais quand ils rencontrèrent leur femme respective. Lors d'une énième venue à l'hôpital de Paradisia, Stéphane fit la connaissance de cette nouvelle aide-soignante, une jolie brune aux yeux pétillants, celle qui deviendrait rapidement madame Emily Martin. Éric, quant à lui, épousa Jasmine, une belle Hindoue venue faire ses études dans l'Union, alors qu'il bouclait son doctorat. Stéphane était le témoin d'Éric et Éric avait été celui de Stéphane. Les deux couples sortaient régulièrement ensemble, mais avaient quelques points de divergence. Éric, ayant obtenu rapidement un poste à l'université de Buade, voulait à tout prix fonder une famille avec Jasmine, alors que les Martin souhaitaient attendre et profiter de leur vie de jeunes mariés. Stéphane avait accompagné Éric dans tous ses moments de doutes, lorsque Jasmine et lui avaient dû se résoudre à faire plusieurs FIV afin de concevoir. Il avait été le premier au courant quand, enfin, elle fut enceinte. Et quand elle perdit son premier bébé. Mais finalement, la première naissance pour les amis n'avait pas été pour Jasmine. Emily et Stéphane décidèrent de tenter d'avoir un enfant et en quelques mois, Emily était enceinte. La pilule avait été à la fois source de joie pour Éric et sa femme, mais aussi de frustration. Leur amitié avait pourtant tenu bon.

Ramirez attrapa une bière dans son frigo avant de s'asseoir devant son ordinateur. Il repensa à la joie de ses amis lorsque Nina était venue au monde. Tout semblait rouler comme sur des roulettes dans le meilleur des mondes. Éric fut d'autant plus surpris quand Emily se suicida et que peu de temps après, Stéphane disparut des radars, laissant Nina abandonnée à sa grand-mère. Jamais il n'aurait pu imaginer que son meilleur ami se débarrasserait ainsi de sa fille, même après la tragédie d'avoir perdu sa femme. Colette, la mère d'Emilie, avait également été anéantie et Éric avait été là pour elle, au début. Un jour, Colette lui dit que Nina avait trouvé une merveilleuse famille et qu'il ne fallait plus s'inquiéter pour elle. Alors, égoïstement, Ramirez obtempéra. Il avait aussi d'autres choses à gérer : sa femme et lui réussirent enfin à avoir un bébé, une fille qu'ils prénommèrent Jemma. À son tour, il avait abandonné Nina. Et c'était un des plus grands regrets de sa vie. Une honte qu'il ne se pardonnerait jamais. En tant que meilleur ami de son père, il aurait dû rester dans la vie de la jeune femme. Aujourd'hui qu'ils s'étaient retrouvés, il ne la négligerait plus. Il devait lui prouver qu'il serait toujours là pour elle et qu'elle pouvait lui faire à nouveau confiance.

Éric tapota une nouvelle fois sur son ordinateur, passa plusieurs appels, à des blanchisseurs, à des compagnies pharmaceutiques, à des épiciers, en vain. L'Union était vaste. Comment pouvait-il seul avec ses petits moyens retrouver la trace d'un homme qui avait voulu disparaître aux yeux de ceux qu'ils connaissaient ?

Le professeur avait bien sûr interrogé Colette, ce qui ne lui avait rien apporté. Il avait également traîné sur les réseaux sociaux, mais comme lui, Stéphane n'était pas de la génération née avec un téléphone greffé à la main. Il avait trouvé des tonnes de Stéphane Martin, mais peu qui avait son âge et aucun qui aurait pu être son ancien meilleur ami. Il ne lui restait qu'une solution qu'Éric rechignait pourtant à utiliser, malgré la certitude que c'était le meilleur moyen de mettre la main sur Stéphane. Ramirez ouvrit le tiroir droit de son bureau, farfouilla dedans quelques secondes et retrouva le morceau de papier chiffonné qu'il cherchait. Il attrapa son téléphone et composa le numéro qui y était inscrit. Ne restait plus qu'à savoir s'il fonctionnait encore et si la personne au bout du fil serait susceptible de l'aider.

***

Nina Stinkins leva les yeux vers le bâtiment auquel elle faisait face. C'était un petit immeuble en pierre dans le style parisien avec de grandes fenêtres arrondies sur la façade qu'elle admirait. Il n'existait à Paradisia que peu de constructions de style français qui avait perduré. Celui-ci en était un bon exemple et Nina se disait qu'il ne devait pas être donné financièrement d'y habiter, ou dans le cas de la personne qu'elle allait voir, d'y louer un espace. La jeune femme se rendit devant la porte d'entrée de l'immeuble et sonna. Elle poussa la porte qui s'était déverrouillée dans un clic et grimpa l'escalier qui montait au premier étage. Elle arriva directement dans un couloir très éclairé. Une porte à gauche était ouverte, on pouvait lire au-dessus le mot *Secrétariat*. Nina jeta un œil plus loin dans le couloir et remarqua trois autres portes. Elle entra dans la pièce ouverte et se retrouva face à un comptoir de création scandinave en bois. Une secrétaire assise derrière leva les yeux vers elle et lui sourit.

— Bonjour, j'ai rendez-vous avec Karan Sharma à 17h30.

— Oui, bien sûr, vous êtes madame ?

— Stinkins, Nina.

— Effectivement. Je vous prie d'aller attendre dans la salle d'attente, la prochaine porte à gauche dans le couloir. Monsieur Sharma va vous recevoir d'ici peu.

— Je vous remercie.

Nina ajusta la lanière de son sac à main sur son épaule et reprit le couloir tapissé d'un papier peint gris agrémenté de jolies fleurs aux couleurs variées et aux graphismes raffinés. La jeune femme entra dans la petite salle d'attente et s'assit sagement près de l'entrée. Les murs de la pièce possédaient le même papier peint, mais le carrelage blanc du corridor était remplacé par un parquet en bois sombre. Nina était seule dans la pièce et n'entendait aucun bruit qui aurait pu trahir quelque chose.

Depuis Hodgkin Island, Nina n'était pas très à l'aise dans le silence. Elle regarda sa montre et sa jambe droite commença à s'agiter. Outre le fait que la patience n'était pas la plus grande qualité de la jeune femme, elle était également anxieuse à l'idée de parler de ses visions. Si on lui avait envoyé le nom de Sharma, c'était qu'il était lié d'une manière ou d'une autre à ce Don. Peut-être le possédait-il lui-même. Peut-être connaissait-il quelqu'un qui le possédait. Peut-être avait-il seulement des informations concrètes ou des pistes de recherches à lui fournir. Depuis le matin, hormis pendant ses heures de cours, Nina s'était fait toutes les hypothèses possibles. Il se pouvait aussi que ce ne soit qu'une fausse piste et la déception serait aussi grande que la nervosité de Nina à cette heure.

Soudain, elle entendit une porte s'ouvrir et des pas dans le couloir. La jeune femme fut étonnée de voir apparaître sur le seuil un homme plutôt grand qui devait avoir entre 30 et 35 ans, à la barbe et aux cheveux d'un noir de jais et à la peau hâlée. Évidemment, ce n'était pas la couleur de sa peau qui étonna Nina, mais elle ne s'attendait pas à quelqu'un d'aussi jeune et, il fallait bien l'avouer, d'aussi charmant. Avec son jean, ses baskets noires et son pull bleu marine sur une chemise blanche dont seul le col dépassait, il avait l'air de sortir plutôt d'un magazine de mode que d'un magazine de médecine.

— Madame Stinkins ?

Nina se leva en essayant de dissimuler son trouble et suivit le psychologue jusqu'à son bureau. En parfait gentleman, il la laissa entrer la première et ferma la porte derrière elle. La pièce était légèrement plus grande que la salle d'attente et toujours décorée avec goût. Elle ne ressemblait pas à la vision que Nina se faisait d'un bureau de psychologue.

D'un côté, deux fauteuils avaient été installés, séparés par une table basse. Sur le mur, de grandes bibliothèques en bois sombre habillaient le lieu. De l'autre, un bureau également en bois massif accompagné d'un fauteuil en cuir noir et d'un autre siège rond en tissu pour le patient. Karan Sharma fit le tour de son bureau et s'assit sur son fauteuil avant de sortir d'un tiroir un bloc-notes. Nina s'assit à son tour et fut suffisamment près du bureau pour lire qu'il venait d'écrire son nom sur la feuille. L'homme sourit en remarquant le regard de Nina, s'appuya contre le dossier du siège et installa le bloc-notes de sorte que la feuille ne soit plus visible de la curiosité de sa nouvelle patiente. Il ne l'avait pas encore vraiment regardée, mais quand leurs regards se croisèrent vraiment pour la première fois, les deux êtres sentirent immédiatement une connexion s'établir. Nina, déjà troublée par le physique de l'homme, ressentit au fond d'elle comme une reconnaissance psychique. C'était comme s'ils se connaissaient, et ce depuis toujours. Elle pouvait lire sur le visage du psychologue qu'il vivait lui aussi une sensation similaire. Il tenta visiblement de la repousser et d'agir normalement. Nina, elle, était trop curieuse de ce nouveau sentiment. Il était à présent certain qu'elle était au bon endroit et qu'elle ne repartirait pas bredouille cette fois-ci. Elle devait encore cependant savoir en quoi Karan Sharma allait pouvoir lui être utile.

— Heu... Bien, madame Stinkins. Que puis-je faire pour...vous ?

Karan Sharma était troublé. Il n'avait jamais rencontré cette femme et pourtant, elle ne lui était pas inconnue. La regarder lui procurait une drôle de sensation. Il eut soudain chaud et tira un peu le col de son pull pour faire entrer un peu d'air. Il essayait de garder une attitude professionnelle, mais la jeune femme n'était pas dupe.

— Eh bien... Je ne sais pas par où commencer.

Elle se tut un instant, cherchant un angle d'attaque. Elle avait passé la journée entière à supposer ce qu'allait lui apporter cette rencontre, mais elle n'avait même pas pris le temps de réfléchir à ce qu'elle allait bien pouvoir lui dire.

— Je... J'ai vécu quelque chose il y a quelques mois. Quelque chose d'assez traumatisant. Quelque chose qui m'a changée au plus profond de mon être. Ou plutôt qui m'a révélée.

— Hum... Très bien.

Il griffonna quelques mots et lui demanda d'abord de se présenter.

— Bien, je m'appelle Nina Stinkins, j'ai 25 ans. Je suis diplômée en sociopsychologie, spécialisation croyances et société, et actuellement jeune professeur à l'université de Buade.

Impressionné, Karan Sharma notait les paroles de Nina sans un regard. Il la félicita et lui demanda de poursuivre.

— J'ai appris récemment que je suis une enfant adoptée. Mes parents adoptifs sont de super parents. Ma mère biologique est morte, suicide, et mon père biologique m'a abandonnée. J'avais moins d'un an. Ma grand-mère Colette est ma vraie grand-mère biologique, mais j'y reviendrai. Heu… Je suis célibataire, sans enfant et récemment propriétaire, une petite maison à Paradisia. Est-ce que cela vous suffit pour le moment ?

Nina s'amusait d'elle-même. Elle avait résumé sa vie actuelle comme on récitait un CV. Elle n'y avait mis aucune émotion, comme si tout cela n'avait pas d'importance. Elle avait vu l'homme en face d'elle tiquer quand elle avait parlé de sa famille, mais il n'avait pas osé l'interrompre. Le psychologue se racla la gorge et la remercia.

— Je pense que pour l'instant, c'est parfait. Vous disiez donc qu'il vous était arrivé quelque chose de traumatisant il y a quelques mois... Quand était-ce exactement ?

— En avril.

La jeune femme se souvenait comme si c'était hier de sa première journée à Hodgkin Island. Par réflexe de nervosité, Nina se mit à tortiller une mèche de ses cheveux. Elle ne parlait que peu de l'île et de ce qu'elle y avait vécu. Les seuls au courant étaient Eric Ramirez et mamie Colette, mais même avec eux, elle ne pouvait pas se résoudre à l'évoquer. Il était toujours difficile pour elle d'y penser, comme si elle n'avait pas vraiment fait le deuil de cette époque et de ces personnes qu'elle avait tant aimées. De plus, elle n'avait jamais osé le raconter à un étranger, de peur qu'on l'enferme à l'asile, mais aujourd'hui, elle savait qu'elle ne craignait rien. Comment elle le savait, cela restait un mystère. Mais elle avait une confiance absolue en cet homme, elle était sûre qu'elle pouvait lui confier sa vie.

Alors, la jeune femme se mit à tout déballer à Karan Sharma, toute son expérience à Hodgkin Island dans les moindres détails. Les rêves, cette sensation d'être à la fois dans le passé et le présent, d'être elle et en même temps quelqu'un d'autre. L'histoire d'amour avec Théodore Hodgkin, l'amitié avec Talya, toute cette vie qu'elle avait vécue en quelques jours. Son désarroi aussi, son impression de sombrer dans la folie, de ne jamais pouvoir quitter l'île. Et puis la découverte de la vérité, laisser partir Théodore, revenir à la vie normale. Tout ce qui avait suivi aussi : son exil dans la montagne, son livre, son retour à Paradisia et les rêves qui se poursuivaient, toujours plus réels. Au fur et à mesure de son récit, Nina voyait le comportement de l'homme changer. Quand elle eut terminé, il avait posé négligemment son bloc-notes et son stylo, et il était affalé sur son siège, la bouche ouverte, les yeux ronds.

— Voilà. Je…

— Vous êtes une Rêveuse.

C'était un murmure qui était sorti de la bouche de Karan Sharma et Nina n'était pas sûre d'avoir bien compris.

— Pardon ?

Le psychologue, véritablement confus, poursuivit d'une voix peu assurée.

— Je... Je pensais... C'est impossible.

Nina laissa le silence s'installer pour permettre à Karan Sharma de reprendre ses esprits. Ou en tout cas d'y mettre de l'ordre. Il l'avait définie comme une *Rêveuse* et elle sentait dans ce mot bien plus de sens que la simple définition du dictionnaire. Sharma se passa la main sur le visage en se redressant dans son fauteuil. Il fallait qu'il reprenne ses esprits si Nina voulait pouvoir comprendre. Visiblement, l'homme en savait beaucoup plus qu'il ne l'avait encore dit. La jeune femme était au bon endroit.

— Excusez-moi, je….

Le psychologue prit une profonde inspiration et ouvrait de nouveau la bouche quand une sorte de minuteur sonna et résonna dans la pièce. L'homme appuya sur un petit réveil caché de la vue du patient sur son bureau. L'heure du rendez-vous dédié à Nina était terminée. Une profonde frustration se lut immédiatement sur le visage de cette dernière. Elle touchait au but et une simple notion de quantification d'un moment allait l'empêcher de savoir qui elle était, ou plutôt ce qu'elle était. Sharma semblait quant à lui paniqué. Il se leva brusquement sous le regard de Nina, impuissante.

— Je suis navré, j'ai un autre rendez-vous tout de suite…

Il contourna le bureau et Nina se leva à son tour. Elle récupéra son sac à main et Sharma l'accompagna à la porte. La jeune femme allait l'ouvrir quand il la stoppa dans son geste.

— Je veux vous revoir. J'ai beaucoup de choses à vous dire.

En disant ces mots, il avait plongé son regard dans les yeux de Nina. La connexion qu'elle avait ressentie une heure plus tôt n'était pas qu'une vue de son esprit. Comme deux âmes qui se reconnaissaient. Les traits de Karan Sharma s'étaient apaisés et il lui adressa même un léger sourire gêné en lui ouvrant la porte. En avançant dans le couloir vers la sortie, elle sentit sa présence dans son dos et son corps réagit aussitôt à cette proximité en frissonnant. Ils s'arrêtèrent ensemble devant la porte du secrétariat.

— Catelyne, donnez un autre rendez-vous à Mme Stinkins, s'il vous plaît. Dès que possible.

— Pas de souci, M. Sharma.

— Nina... À bientôt.

Ses yeux brillaient tellement que Nina crut revoir le regard que Théodore Hodgkin portait sur elle lors de leurs années d'amour. Karan Sharma se tourna finalement et la jeune femme le suivit du regard jusqu'à ce qu'il disparaisse de nouveau dans son bureau avec son patient suivant.

CHAPITRE 05

oe sonna à la petite maison blanche de son enfance et attendit. En théorie, un enfant pouvait entrer sans cérémonie dans l'habitat qui l'a vue grandir, mais sa mère était une psychorigide qui aimait les conventions, même concernant son enfant. *On n'entre pas ici comme dans un moulin, Joséphine !* Joe ne voulait pas braquer sa mère dès son arrivée, alors elle patienta calmement, bien que plusieurs soupirs aient eu le temps de sortir de sa bouche. Au bout de quelques minutes, elle reconnut le son des talons de sa matriarche approcher de la porte.

— Joséphine ! Je ne t'attendais pas.

— Surprise ! répondit Joe sous forme de sarcasme.

Sa mère, Claude Miller, ne semblait jamais heureuse de la voir. Il fallait dire que Joe lui en avait fait un peu baver avec son envie de voir le monde, sa révolte contre le gouvernement, ses idées excentriques, celles des jeunes des années 70-80, s'écrasant contre le mur des pensées traditionalistes de sa mère, elle qui avait grandi dans les années 50. Le monde avait bien changé depuis et Claude n'arrivait plus à le comprendre. Un fossé s'était vite creusé avec sa fille et aujourd'hui, à 30 ans, Joe se sentait plus éloignée de sa mère que jamais. Il était rare qu'elles puissent avoir une conversation sereine sur n'importe quel sujet. Alors qu'avec son père, Charles, les choses étaient bien différentes. Petite, sa mère l'avait élevée comme une fille modèle pour la formater à être plus tard une épouse parfaite. Mais les événements de mai 68 changèrent profondément Joe qui avait alors quinze ans. Elle souhaitait aller à l'université et changer le monde. Son père l'y autorisa, au détriment de l'avis de Claude. Charles avait toujours soutenu les choix de sa fille. Et même si la vie de Joe n'était pas celle qu'elle avait imaginée, Charles était toujours fier d'elle. Joe avait milité bien des fois pour la libération des femmes et Claude ne l'avait jamais compris. Quand Joe avait annoncé à sa mère qu'elle embrassait sa carrière de musicienne et qu'elle partait parcourir les routes de l'Union avec son groupe, Claude faillit faire une crise cardiaque. Aujourd'hui, sa carrière était en pause et Joe voyait souvent le regard de sa mère lui dire « *Je te l'avais dit* ». La jeune femme détestait ça.

Joe suivit sa mère jusque dans la cuisine. Ce jour-là, Claude était habillée d'une robe à la jupe évasée dans une espèce de tweed marron. Sa fille contrastait avec son jean noir légèrement troué aux genoux, son débardeur rouge vif et sa veste en jean délavé.

— Je viens de faire du thé, tu en veux ?

— Heu... oui. Merci.

De la cuisine, Joe pouvait apercevoir le salon. D'ordinaire, la télé était allumée et son père somnolait en face dans son fauteuil préféré. Depuis qu'il était malade, il ne décollait que rarement de cet endroit. Son traitement l'assommait tout en étant peu efficace. Mais aujourd'hui, la télé était éteinte.

— Où est papa ? Il dort ?

Joe se tourna vers sa mère qui servait le thé dans deux tasses posées sur la table de la cuisine. À sa question, Claude fit la sourde oreille. Toujours dans les apparences, sa mère avait appris à ne montrer aucune émotion. Joe se demanda si elle allait répondre. Car malgré ce qu'elle montrait, sa fille savait très bien qu'elle avait entendu la question.

— Mère ?

Pendant longtemps, quand Joe était petite, Claude insistait pour être appelée comme ça. À l'adolescence, sa fille l'avait détourné avec sarcasme. Aujourd'hui, cela n'était pas bon signe, car il témoignait de la température qui montait à ses joues. Plus le silence s'étirait, plus l'inquiétude se mêlait à la colère.

— Assieds-toi, le thé va refroidir.

Comme l'ado rebelle qu'elle avait été plusieurs années en arrière, Joe refusa et croisa les bras. Ses traits s'étaient durcis et ses yeux lançaient des éclairs.

— Claude, dis-moi où est mon père.

— Ne m'appelle pas ainsi, je suis ta mère, répondit-elle en prenant place sur une chaise, en face de sa tasse de thé.

— C'est bien ton prénom pourtant ? Je te préviens, je m'en vais si tu ne me réponds pas.

Bien qu'elle ne montrait jamais son amour pour sa fille, Claude n'en ressentait pas moins. Elle était dure, mais cela avait toujours été pour le bien de Joséphine, elle en était persuadée. Charles, lui, était trop coulant avec elle, Claude avait dû endosser le rôle du méchant flic. Elle ne regrettait rien pourtant. Elle soupira, sachant qu'elle devrait tôt au tard annoncer la mauvaise nouvelle à sa fille. Elle avait déjà trop repoussé le moment.

— Il est à l'hôpital.

Joe décroisa les bras de surprise, les yeux ronds. Sa mère porta la tasse de thé à ses lèvres comme si elle venait d'annoncer la météo.

— Comment ? Depuis quand ?

— Hier matin.

— Hier matin ?!

La colère qui n'attendait déjà plus que de sortir venait là de trouver la parfaite excuse pour le faire.

— Et tu ne me le dis que maintenant ?! J'ai le téléphone chez moi !

Encore une fois, Claude ne répondit pas et but son thé le plus naturellement du monde. Elle savait que quand Joe était dans l'émotion, rien de ce qu'elle dirait ne serait bien interprété. Elle allait tout de même devoir répondre un minimum à ses questions en évitant la tempête qu'elle avait elle-même créée.

— Que s'est-il passé ? demanda Joe en fixant sa mère de ses yeux bleus à tendance grise.

— Il n'arrivait plus à respirer, j'ai donc appelé les secours. À l'hôpital, on l'a mis sous oxygène. Ça semble l'aider. Ils le gardent quelques jours pour le moment, mais ils n'excluent pas un plus long séjour.

— Ça se dégrade alors... Le crabe, il... Il prend de l'ampleur.

Joe tira enfin la deuxième chaise pour s'y asseoir. La colère s'était retirée dans un coin pour laisser place au désespoir. Son père, qu'elle aimait tant, qui l'avait toujours soutenue, plus que n'importe qui... Elle ne pouvait imaginer le pire. Claude leva enfin les yeux vers sa fille. Malgré l'insensibilité qu'elle montrait souvent, voir son enfant dans cet état n'était pas une partie de plaisir.

— On peut le voir ?

— Oui. Je vais te donner le numéro de sa chambre et les horaires de visite. Il est à St John. Mais ne le fatigue pas trop.

Claude se leva pour aller noter ces informations sur un morceau de papier. Joe se passa la main sur le visage. Lorsque sa mère revint et lui tendit le post-it en évitant son regard, sans comprendre vraiment pourquoi, la colère ressurgit et Joe arracha le papier brutalement.

— Pourquoi ne m'as-tu pas prévenue dès qu'il est entré à l'hôpital ? Et si je n'étais pas venue, tu me l'aurais annoncé quand, hein ?

Joe se leva pour faire face à sa mère qui était restée debout. Comme à son habitude, rien ne se lisait sur le visage de sa génitrice, ce qui continuait de bouleverser sa fille. Droite comme un i, Claude cherchait la formulation de sa réponse qui limiterait la casse. Elle savait qu'elle n'éteindrait pas l'incendie. Joe était persuadée depuis très longtemps que sa mère ne lui voulait que du mal.

— C'était pour te protéger ! Je voulais t'appeler tout à l'heure. Je voulais attendre que les médecins m'en disent plus, que ça aille mieux, pour ne pas t'inquiéter pour rien...

— C'est des conneries !

— Ton langage, Joséphine !

Joe tourna le dos à sa mère et sortit de la cuisine d'un pas rapide, tout en fourrant le post-it dans sa poche de blouson. Elle allait quitter cette maison de l'enfer. Et elle n'y remettrait les pieds que lorsque son père serait de nouveau à l'intérieur.

— Joséphine !

— Même à 30 ans, tu continues de me pourrir la vie !

Cette fois, Claude perdit son impartialité. Après tout ce qu'elle avait fait pour sa fille, entendre ses mots la fit sortir de ses gonds.

— Quand est-ce que je t'ai pourri la vie ? J'ai tout fait pour toi, Joséphine, t'éduquer à être une bonne fille, une bonne épouse et tu m'as tourné le dos en allant faire tes études, en parcourant les routes pour ta musique et en allant finalement travailler dans un bar malsain !

— Mère, réveille-toi !! Je ne suis pas comme toi ! Je ne veux pas être la boniche de mon mari, j'ai des rêves moi ! Je ne passerai pas ma vie malheureuse et seule comme toi.

Les deux femmes avaient longé le couloir et s'étaient finalement arrêtées près de la porte d'entrée.

— Tu n'es qu'une petite ingrate !

— Tu montres ton vrai visage, là, hein. Il n'y a que papa qui m'a toujours comprise. Il a fait les efforts pour. Il n'a pas essayé de me changer, mais m'a permis d'être en phase avec qui je suis ! Une musicienne, libre de ses choix.

— Que feras-tu une fois que ton père ne sera plus là pour t'aider ? Hein ?

— Je t'interdis !

Joe sentit les larmes envahir ses yeux. Mais il était hors de question de craquer devant ELLE. Joe ne lui donnerait pas cette satisfaction.

— Tu ne pourras pas toujours te cacher la vérité, Joséphine. Tu n'es qu'une paumée.

C'en était trop. Les poings serrés et tremblants, elle allait commettre une bêtise si elle restait plus longtemps.

— Je me tire.

Elle ouvrit la porte en trombe et sortit d'un pas décidé. Elle remonta la rue pavillonnaire où se trouvait la maison et s'assit à un arrêt de bus, hors de vue de sa mère. Ce n'était pas la première dispute qu'elle avait eue avec elle, loin de là. Mais c'était la première fois que l'une ou l'autre évoquait une fin tragique pour son père. Et ça, Joe n'était pas prête à l'entendre. Jamais. Alors qu'elle s'asseyait sous l'abribus, Nina réalisa qu'elle était présente à nouveau dans le corps de cette Joséphine. Ce Don ne semblait pas avoir qu'une seule forme. Lors de certains rêves, Nina savait qu'elle vivait dans le corps d'une autre, les deux personnalités semblaient faire corps, mais Nina avait une sorte de contrôle pendant que l'autre sommeillait. Et parfois comme aujourd'hui, c'était Nina qui était en retrait et n'était que passagère, observant la scène comme si elle était au cinéma. Elle appuya son dos sur l'abribus et ferma les yeux, en pleine réflexion. Pourquoi rêvait-elle de Joe au lieu de faire des rêves en lien avec la femme assassinée dans sa maison ? Elle allait devoir creuser la question dans le présent. Peut-être même que Karan Sharma l'aiderait sur le chemin de la vérité.

***

Lorsqu'elle ouvrit de nouveau les yeux, Nina se trouvait dans une pièce bien familière. Bien qu'aujourd'hui elle ressemblait davantage à une chambre d'amis tout droit sortie d'un magasin de décoration, cette salle contenait bien des souvenirs pour Nina. Il était loin pourtant le temps où elle vivait dans cette chambre chez ses parents, elle avait l'impression que c'était dans une autre vie. Elle se rappela soudain ce qu'elle faisait là. L'anniversaire de mamie Colette. Sentant les prémices d'une vision, Nina s'était réfugiée dans la pièce où elle se sentait le plus en sécurité. Depuis combien de temps avait-elle disparu ? Elle se redressa rapidement du lit sur lequel elle s'était endormie, réajusta sa robe et sortit dans le couloir de l'étage. Par-dessus la balustrade de la cage d'escalier, la jeune femme pouvait entendre les voix de sa mère et de sa grand-mère en pleine discussion. Personne ne semblait s'inquiéter pour elle. Après sa « fugue », Nina ne voulait pas inquiéter de nouveau ses parents. Elle savait aujourd'hui le mal que son absence avait causé et elle le regrettait. Mais elle ne s'en excuserait pas. À ce moment-là, elle avait pris la meilleure décision pour elle-même. Elle respira un grand coup et descendit les escaliers comme si de rien n'était. Patrick, son père, sortit de la cuisine et traversa l'entrée, chargé d'un plateau avec des verres.

— Ah, ma chérie, nous allons commencer l'apéro... Est-ce que tout va bien ?

L'homme de cinquante-deux ans aux cheveux grisonnants l'observa en fronçant les sourcils. Derrière son père, Nina aperçut son reflet dans le petit miroir décoratif de l'entrée. Elle était pâle. Son absence n'ayant pas été remarquée, il fallait vite trouver une excuse. Bien que Mamie Colette soit au courant, ses parents ne l'étaient pas et Nina trouvait que c'était mieux ainsi, pour le moment en tout cas.

— Oui, oui... J'ai juste mes trucs de filles, répondit-elle en posant la main sur son ventre avec une grimace.

— Oh, je vois... Allez, viens.

Nina laissa passer son père et soupira discrètement. Pour les quelques heures suivantes, elle allait essayer de mettre tout ça de côté et de profiter de sa famille.

***

Albert avait de la chance ce jour-là, l'ancien appartement de Virginie Cavanagh était libre. Il n'avait eu qu'à dire à la propriétaire de l'immeuble qu'il souhaitait investir et le tour était joué. Albert avait l'allure de quelqu'un de confiance, et de privilégié. On lui accordait tout de suite du crédit concernant le business. Aussi la propriétaire lui avait laissé les clés pour la journée afin qu'il puisse le visiter à loisir, faire venir des professionnels pour remettre l'appartement au goût du jour, et autre action qu'aurait pu faire un investisseur avant d'acheter ce type de bien. Albert n'aurait pas besoin d'autant de temps. L'homme tourna la clé dans la serrure avant d'ouvrir la porte doucement. L'endroit était en vente depuis plusieurs mois et n'avait visiblement pas eu beaucoup de visites. L'odeur de poussière et de renfermé fit frémir les narines d'Albert. Le papier peint des murs se décollait par endroits, était arraché à d'autres. Le robinet de l'évier laissait tomber une goutte d'eau toutes les deux minutes. Le plafond était légèrement brûlé au-dessus de l'endroit où avait dû être la gazinière.

Albert eut immédiatement envie de faire demi-tour. Ce genre d'endroit faisait écho aux lieux miteux dans lesquels il avait dû squatter étant jeune, bien avant de quitter l'Union pour en apprendre plus sur le Don en Afrique. Aujourd'hui, par revanche, Albert ne vivait que dans des endroits luxueux. Pourtant, il n'était pas là pour le plaisir, le travail valait bien un peu de temps dans cet appartement moisi. Ce dernier était composé de deux pièces et d'une salle de bain minuscule. Il ne restait plus qu'un évier dans la pièce principale pour indiquer un coin cuisine, ainsi qu'une chaise au milieu pour signaler le salon. La deuxième salle adjacente servait sans doute de chambre. Albert fit vite le tour. Il sortit enfin la photographie de Virginie. Il l'observa, son visage, sa coiffure, ses yeux, puis s'attarda de nouveau sur le bracelet. Le Rêveur avait une drôle de sensation. Sans savoir comment, il sentait que Virginie Cavanagh était morte. Et pas récemment. Elle aurait pu avoir disparu et avoir changé de nom, mais non, Albert en était convaincu. Ne sachant pas où était son corps, il fallait bien commencer quelque part et son ancien appartement avait été facile à localiser. Avec le temps que la jeune femme avait vécu ici, il espérait pouvoir la retrouver. Albert parvint en effet, en fermant les yeux, à sentir les effluves de son âme encore présents. Il s'assit sur la chaise au milieu de la pièce le plus confortablement possible, croisa les bras et ferma de nouveau les yeux.

Il rêvait souvent sans être endormi depuis plusieurs années, mais il préférait prendre ses précautions, ne voulant pas risquer de se blesser en tombant sur le sol, comme il l'avait régulièrement expérimenté à ses débuts. Et puis il ne souhaitait certainement pas salir son nouveau costume italien. Il se concentra sur sa respiration et écarta progressivement les bruits parasites de la réalité. Il se répéta vouloir se connecter à Virginie vers janvier 1984. Il sentit progressivement le présent se déconstruire, son corps disparaître dans des limbes obscurs. Le temps et l'espace, concepts humains, n'existaient plus. Lui-même n'était plus qu'une pure énergie perdue dans l'univers astral. Soudain, une lumière et la seconde d'après, il était quelqu'un d'autre.

Le cycle des âmes

CHAPITRE 06

Nina ne parvenait pas à garder les yeux fixés sur le guide qui la conduisait à son stand. C'était la première fois que la jeune femme venait dédicacer dans un salon de l'imaginaire et l'atmosphère était folle. Il était encore tôt, mais déjà, une centaine de personnes avait pris d'assaut les différents stands. Ce n'était pas uniquement un salon du livre.

En traversant le hall, Nina avait déjà pu remarquer un vendeur de figurines, un vendeur de peluches, un libraire spécialiste du manga, une illustratrice de l'imaginaire... Aujourd'hui, dans le mot « imaginaire » comme dans le terme de « pop culture », beaucoup de thèmes différents étaient regroupés. La science-fiction, la fantasy et le fantastique se côtoyaient étroitement. Cette passion pour l'imaginaire qui n'était encore que confidentielle dans les années 70 explosait depuis une dizaine d'années. Nina en avait certes entendu parler, mais elle n'avait jamais mis les pieds dans ce genre d'évènements. Cette ambiance était loin de son terrain de prédilection, du moins avant Hodgkin Island. Aujourd'hui, on la considérait comme appartenant au monde des « geeks », car pour le monde entier – enfin ceux qui connaissaient son livre – elle était l'auteure d'un roman fantastique qui se vendait bien. C'était toujours étrange pour Nina de vendre son histoire sur Hodgkin Island comme venant de son imagination alors que le moindre détail de son livre était véridique. Mais certaines parties devaient être estampillées « fiction » pour le bien de tous. Nina ne voulait pas finir comme un cobaye dont on disséquerait le cerveau pour savoir comment et pourquoi elle avait pu « rencontrer » les défunts de l'île maudite. Cependant, elle insistait à chaque fois sur les éléments de la vie des Hodgkin qui étaient authentiques. C'était important. Elle en avait fait la promesse à Théodore et jamais elle ne la trahirait.

Nina s'excusa auprès d'une jeune femme après avoir accidentellement marché sur sa cape puis son guide s'arrêta enfin devant un stand. D'autres bénévoles de l'organisation installaient les livres de deux autres auteurs qui partageraient la place avec Nina. Elle s'approcha de ce qui était son espace et caressa tendrement la couverture de l'exemplaire de *La vérité sur Hodgkin Island* au sommet de la pile qui se trouvait à côté d'un petit écriteau en carton avec son nom.

Derrière les tables où se trouvaient les livres, des banderoles aux couleurs et au nom de la maison d'édition étaient affichées. Nina, comme à son habitude, avait été trop ponctuelle, ses camarades de jeu n'étant pas encore arrivés. Le bénévole qui l'avait accompagnée lui confia son pass, qu'elle passa grâce à un cordon noir autour de son cou, puis lui demanda si elle voulait déjeuner quelque chose. Nina commanda un croissant et un jus d'orange en s'asseyant.

Le cycle des âmes

Pour le moment, le salon n'était ouvert qu'auprès de VIP qui avaient acheté un billet particulier, bien sûr plus cher que les autres. Le grand hall du centre des expositions de Paradisia paraissait encore froid et vide. Alors qu'elle lisait ses e-mails, dix minutes plus tard, son bénévole arriva avec sa commande. Elle ouvrit sa canette de jus d'orange et s'en délecta, la bouche sèche. Ce n'était pas sa première dédicace et pourtant, elle avait toujours la même appréhension. Elle se fichait d'avoir des commentaires négatifs sur son style ou de faire peu de ventes. Ce qui l'angoissait le plus était plus profond. Qu'on la prenne pour une folle et une menteuse. Et puis, le côté social de ce genre de moment n'était pas son fort. Nina préférait encore repartir seule sur Hodgkin Island. Pourtant, lorsqu'elle était en cours, elle ne ressentait pas du tout la même angoisse. Dans l'univers universitaire, elle était fière et confiante. En tant que romancière, c'était tout autre chose. Elle ne se sentait pas légitime. Pourtant, si une maison d'édition avait bien voulu de son récit, c'est qu'il en valait la peine. Et elle aussi.

Une demi-heure après son arrivée, Nina accueillit ses collègues du jour : un homme, grand et fin, la quarantaine aux cheveux déjà grisonnants, peu bavard et qui avait la mine de quelqu'un qui ne voulait pas être dérangé ; et une jeune femme, plus jeune que Nina, au maquillage étudié et impeccable qui, elle, était plus affable de paroles. Elle décida aussitôt de s'asseoir auprès de Nina quand l'homme écarta sa chaise pour être le plus éloigné possible de ses consœurs. Avait-il un problème avec les femmes-écrivaines ? Ou les femmes tout court ? Nina se promit d'essayer de creuser la question si elle en avait le temps. La jeune auteure à ses côtés, Jade, racontait à quel point elle était heureuse de faire son premier salon quand un groupe de jeunes adultes, costumés en différents personnages que Nina ne sut identifier, s'approcha du stand. Ils commencèrent à observer les livres, lire les résumés, discuter entre eux au sujet des couvertures... Alors que le reste du groupe s'attarda devant monsieur Grincheux, la plus jeune de la troupe gardait le livre de Nina dans sa main. Elle observa la couverture, retourna le livre pour lire le résumé, le retourna encore pour revoir la couverture. Puis elle se décida à lever les yeux vers Nina et lui sourit. La jeune auteure lui rendit son sourire et tendit la main pour lui dédicacer le livre. Elle hésita et finit par le lui tendre.

— C'est combien ? demanda-t-elle d'une petite voix.

— Le livre est à 20 francs, mais la dédicace est gratuite, répondit Nina en ajoutant un clin d'œil et un nouveau sourire à sa réponse. Je te le mets à quel nom ?

— Sandra.

La jeune fille prit son sac à dos, posé à ses pieds, et fouilla à la recherche de son portefeuille pendant que Nina essayait d'écrire sa dédicace. Elle était toujours en manque d'inspiration, mais elle n'aimait pas utiliser des formules préconçues. Elle voulait toujours personnaliser au plus près ses mots et que chaque personne reparte avec un message unique. La jeune fille finit par sortir un billet de 20 francs de son sac et l'échangea contre le livre, une fois que Nina eut fini.

— Merci beaucoup…

— Merci à toi. Amuse-toi bien aujourd'hui !

Les deux femmes s'échangèrent un dernier sourire et la lectrice partit rejoindre ses amis qui étaient déjà deux stands plus loin.

— Ta première vente de la journée ! s'extasia Jade à côté de Nina. Je peux savoir ce que tu lui as écrit ?

— J'ai mis : J'espère que cette histoire te fera voyager et te donnera de la force.

— Pas mal…

Jade ne put en répondre plus, un potentiel client l'interpela. C'est vrai que cette fois, Nina était plutôt fière de ce qu'elle avait noté à cette jeune fille. Le personnage de Nina Stinkins dans le livre était courageux et avait su passer les épreuves difficiles auxquelles elle avait été confrontée. La jeune femme espérait que son personnage pourrait inspirer des jeunes filles ou femmes qui avaient besoin de trouver la force d'affronter les épreuves de la vie que tout un chacun rencontrait un jour. Elle n'arrivait pas encore à comprendre que son personnage et elle ne faisaient pourtant qu'un.

Les heures défilèrent plus rapidement que ce que Nina avait anticipé. Le public de cet évènement était agréable, curieux, toujours intéressant. Nina n'hésitait pas à poser des questions sur les costumes portés, ce qui plaisait dans ce genre de salon… Les gens lui répondaient toujours, flattés qu'on leur porte ainsi de l'intérêt. L'atmosphère était vraiment plaisante. Il fallait juste s'habituer au brouhaha des conversations et des musiques de différents stands et différentes scènes qui se chevauchaient constamment. Nina n'avait jamais écouté de K-pop de sa vie, mais aujourd'hui, elle en avait plein les oreilles.

Après une vague d'affluence, Nina put enfin faire une pause. Elle vérifiait son téléphone portable en soufflant lorsque quelque chose l'interpella dans son champ de vision périphérique. Elle avait cru voir quelqu'un en uniforme d'infirmière. Jusque-là, rien d'anormal. Après les divers costumes qu'elle avait pu observer depuis le matin, un uniforme d'infirmière paraissait presque trop banal. Cependant, après avoir cligné des yeux une seconde, la personne avait disparu. La vision de Nina se teinta de flou progressivement. La tête se mit à lui tourner. Elle tenta de se lever et dut s'accrocher à la table pour ne pas tomber. Elle n'avait réussi qu'une seule fois à sentir la vision poindre, chez ses parents. Elle en avait été alors surprise. Aujourd'hui, en revanche, bien qu'elle ne s'y attendait pas, elle était moins étonnée. Elle ne pouvait pas se permettre de rêver devant autant de monde. Le cœur battant, elle demanda à Jade où se trouver les toilettes. Par chance, il y en avait tout droit en face du stand. Il suffisait de traverser le hall où la foule se pressait à cette heure. Titubant comme si elle était ivre, elle s'excusait régulièrement de bousculer, de s'accrocher même, pour éviter la chute. Au fur et à mesure de sa traversée, les stands disparaissaient de sa vision, les personnes costumées se transformaient en infirmières, médecins, patients. Des chambres individuelles ainsi que des couloirs blancs commençaient à apparaître, remplaçant les allées du salon. Une odeur de désinfectant envahissait ses narines et le brouhaha diminuait progressivement pour laisser place à des conversations plus intimes. Nina arriva enfin aux toilettes et par chance, pas d'attente. Une cabine était libre et elle s'y précipita alors qu'une femme sortant de la cabine d'à côté lui jeta un regard interrogateur. Nina verrouilla la porte, referma la cuvette des toilettes avec l'abattant et s'y assit juste à temps. Elle ferma les yeux pour tenter de calmer le tourbillonnement de sa vision et lorsqu'elle les ouvrit, le décor avait fini de changer.

Elle ne se trouvait plus dans une cabine séparée d'une autre par une simple cloison, mais dans de vraies toilettes en dur. Sa vision s'était stabilisée et avait retrouvé sa clarté. Elle jeta un rapide coup d'œil à sa tenue : un short en jean sur des collants épais noirs, des bottines montantes noires, un tee-shirt blanc et une veste également en jean pour finir la tenue. Un sac à main en cuir et aux motifs géométriques rouge et blanc était posé à ses pieds. Nina passa sa main sur sa tête et nota à nouveau une queue-de-cheval. Elle était de retour dans la vie de Joe Miller.

***

Nina déverrouilla la porte des toilettes et l'ouvrit avec prudence. Elle se retrouva dans une sorte de hall central donnant sur plusieurs chambres aux portes closes. Au centre de cette salle se trouvait un espace fermé par de simples cloisons et ouvert seulement par un comptoir derrière lequel une femme en uniforme répondait au téléphone. La jeune femme sortit des toilettes et referma la porte derrière elle. Elle savait pourquoi elle était là. Dans sa dernière vision, Joe se disputait avec sa mère au sujet de son père malade, dont les soins avaient été pris en charge par des professionnels. Aujourd'hui, Nina comprit qu'elle était à l'hôpital pour rencontrer M. Charles Miller. Au moment où l'infirmière raccrocha, Nina s'avança vers le comptoir. Malgré ses traits tirés, la jeune femme en blanc sourit à Nina en la voyant approcher.

— Bonjour, mademoiselle, je voudrais voir mon père, Charles Miller. Ma mère m'a dit qu'il était dans la chambre 96.

Pour la première fois, Nina fut perturbée par le son de sa voix. En effet, d'ordinaire lorsqu'elle rêvait, sa propre voix sortait du corps de celui ou celle qu'elle possédait. Cependant cette fois, comme si sa sensibilité augmentait, elle entendit clairement que la voix qu'elle venait d'utiliser n'était pas la sienne. La voix de Joe était légèrement plus grave, plus lente dans son débit également. Non pas que Nina parlait à la vitesse d'un train, mais on sentait dans la voix de Joe une certaine lassitude, bien que sa requête fût énoncée clairement et d'un ton assuré.

L'infirmière baissa la tête sur un objet derrière le comptoir que Nina ne pouvait voir, mais qu'elle identifia comme un recueil papier lorsque la demoiselle en blanc en tourna une page bruyamment. Après une minute, cette dernière releva la tête et se força à sourire.

— Il est dans sa chambre, vous pouvez aller le voir. Attention de ne pas trop le fatiguer. Couloir de gauche, au fond, à droite.

Nina la remercia, mais son remerciement se perdit dans la sonnerie du téléphone. L'infirmière soupira et décrocha de nouveau. *Sans doute pour la centième fois de la journée*, pensa Nina. La jeune femme se tourna et fit de nouveau face aux toilettes. Un couloir partait de chaque côté. Nina prit donc celui de droite après un instant de réflexion et commença à déambuler à la recherche de la chambre 96. Des chiffres en plastique doré étaient collés sur des portes grises assez austères. Au début de ses recherches, la première porte portait le numéro 91, celle d'en face le 92.

Le cycle des âmes

Ses pas la portèrent rapidement au fond du couloir et à sa droite, elle s'arrêta devant la chambre qu'elle cherchait. Elle toqua doucement à la porte et l'ouvrit sans plus de cérémonie. Elle découvrit une salle carrée, aux fenêtres polarisées au fond de la pièce. Un cabinet de toilette avec une douche se situait dans une petite pièce enclavée dans la chambre. Elle fit quelques pas et découvrit son père, allongé dans un lit aux barreaux métalliques. Il était d'une pâleur à faire peur et Nina, ou plutôt Joe, constata qu'il avait beaucoup maigri en si peu de temps. Un tube sortait de son bras gauche et était relié à une perfusion suspendue à un crochet en métal. Un radiocassette était installé sur une petite table en face de son lit et une légère musique de jazz envahit les oreilles de Nina qui ne put empêcher les larmes de monter à ses yeux devant un tel spectacle.

— Bonjour, papa, dit la voix de Joe.

Elle tenta de ravaler ses larmes pendant qu'elle embrassait son père. Un sourire grand comme l'amour s'était dessiné sur le visage du pauvre homme.

— Ma chérie, tu es venue !

— Évidemment ! Dès que maman m'a prévenue…

Dans cette dernière phrase, Charles sentit bien la rancœur de Joe envers sa mère. Cela faisait très longtemps qu'elle était dans son cœur et qu'elle subsistait malgré les années, il n'en était guère étonné. Par tous les moyens, Charles ne voulait pas parler de sujets fâcheux, alors il ne releva pas. Il prit la main de sa fille dans la sienne et l'embrassa. Nina put sentir les os du malade à travers sa peau rêche. Sa main tremblait de faiblesse et il était très difficile pour la jeune femme de cacher son inquiétude et sa tristesse de voir cet homme si fort dans son esprit, diminué ainsi.

— Ma chérie... Je dois te dire quelque chose.

À la gravité du son de sa voix, Nina savait ce qu'il tenait à lui dire. Il voulait la préparer à l'étape suivante. Mais la jeune femme refusait de l'entendre. Elle ne pouvait imaginer l'insoutenable.

— Non. Maman m'a dit que tu ne resterais que quelques jours. Tu as juste besoin d'être un peu requinqué. Tu vas aller mieux…

Charles sourit à son enfant, les yeux brillants. Joe semblait tellement convaincue qu'il guérirait. Mais le cancer n'était pas une maladie que l'on soignait facilement. Malgré les traitements essayés, Charles s'affaiblissait de jour en jour. Joe l'avait bien perçu, mais elle gardait tellement d'espoir qu'il lui voilait les yeux.

— Chérie... Les médecins me donnent quelques semaines, peut-être quelques mois si je reste à l'hôpital, mais je ne sais pas... Je ne suis pas sûr de vouloir mourir dans cet endroit.

— Tu ne vas pas mourir ! affirma Joe en secouant vigoureusement la tête. Tu vas rester à l'hôpital, continuer à te faire soigner et dans quelques mois tout ira mieux ! Je viendrai te voir, tous les jours si je dois. En tout cas, autant que je le pourrai. Tu dois te battre, papa ! Pour moi au moins. Tu promets, hein ?

Un soupir s'échappa de la bouche de Charles, ses yeux luisants de larmes. Il caressa de sa joue la main de sa chère fille, toujours dans la sienne, en fermant les yeux quelques instants. Son visage se détendit, comme s'il revivait un souvenir heureux, pendant que Nina, sur des charbons ardents, attendait sa réponse. Il finit par relever la tête et lui sourit, une petite larme se frayant un chemin sur sa joue.

— Pour toi, ma fille, je ferais n'importe quoi.

Il embrassa de nouveau la main de Nina alors que cette dernière essuyait de l'autre les larmes qui s'étaient mises à couler. Charles vit un sourire de satisfaction apparaître sur le visage de sa fille. Il lui avait donné la réponse qu'elle souhaitait, ne pouvant encore se résoudre à lui faire part de l'inévitable issue fatale.

***

Karan Sharma déverrouilla la porte de son cabinet et entra dans le couloir désert. L'endroit était calme, comme tous les matins. Le psychologue aimait arriver avant tout le monde, y compris sa secrétaire, pour profiter de la tranquillité de la matinée, avant l'agitation de la journée. Car une fois le premier patient arrivé, les rendez-vous s'enchaînaient sans que Karan ne puisse percevoir la course du soleil en dehors de son bureau. De plus, ce matin-là, son esprit était ailleurs et il allait falloir user de tout son professionnalisme pour se focaliser sur ses patients avant son arrivée à elle. Depuis qu'il l'avait rencontrée deux jours plus tôt, il ne pensait qu'à elle. L'improbabilité que tout ce que ses parents lui avaient toujours bourré dans le crâne soit vrai et qu'il avait vraiment un rôle à jouer le bouleversait. Elle existait vraiment. Et elle était venue à sa rencontre. Il ne pouvait clairement pas nier la connexion qui s'était immédiatement créée entre eux. Dès le moment où leurs regards s'étaient croisés. La veille encore, il effectuait des recherches sur elle. Il trouva beaucoup d'informations dans des revues universitaires, mais aussi littéraires. On la congratulait autant pour sa thèse que pour son roman. Roman que Karan avait commandé quelques heures après l'avoir rencontrée. Le psychologue l'avait dévoré en une soirée. Il y avait trouvé toutes les informations qu'elle lui avait racontées lors de leur premier entretien. À ce moment-là, il avait d'abord cru à une bonimenteuse ou à un dédoublement de la personnalité. Mais il avait vite compris qu'elle ne fabulait pas. Les émotions, les moments difficiles par lesquels elle était passée, se voyaient encore sur son visage lors de son récit. Souvent, les patients relevant de troubles mentaux ne racontaient pas leur délire avec autant de détails, de précisions. Cela arrivait, mais c'était très peu courant. Et puis l'alchimie qu'il avait ressentie ne pouvait pas non plus être feinte. Il l'avait senti au plus profond de lui, comme si lui-même se révélait dans sa mission de Guide. Jamais il n'aurait cru ça possible.

Karan entra dans son bureau, posa sa sacoche et s'installa sur son fauteuil en cuir en soupirant. Leur prochain rendez-vous était prévu ce jour. Il regarda son planning et compta six patients avant son retour. Depuis deux jours, son attention face aux paroles des patients était amoindrie, mais c'était le cœur de son métier que d'écouter leurs confidences. Alors, il utilisait tout son self-control pour se concentrer, au point parfois de réussir à mettre Nina de côté dans son esprit. Il n'avait encore rien dit à son père et sa mère. Il était difficile de se connecter au village pour leur parler, alors il voulait être sûr de son coup. Et puis il n'avait pas tellement envie d'entendre ce qu'ils allaient lui dire. Ils lui rabâcheraient forcément les oreilles avec le Destin, l'Énergie cosmique et le poids religieux sur ses épaules. Karan n'était pas encore prêt à entendre de nouveau ce discours de leur part et encore moins à l'accepter totalement. Il fallait d'abord qu'il approfondisse le sujet et qu'il ait des preuves concrètes.

Six patients plus tard dans la journée, Karan Sharma était fébrile. L'anticipation de la revoir lui donnait des sueurs froides. Il allait devoir être convaincant pour faire admettre à la jeune femme qui il était censé être pour elle. Il n'était même pas sûr lui-même de ce que cela impliquait et s'il allait vraiment embrasser cette voie. Le psychologue se leva en respirant profondément, prêt à la recevoir. Il sortit de son bureau à pas lents et s'approcha de la salle d'attente en tentant de se constituer l'attitude de quelqu'un qui était sûr de lui.

— Madame Stinkins ?

Elle se leva timidement sans lever les yeux vers lui. Avait-elle peur ? Était-elle souffrante ? Karan l'invita à avancer dans le couloir et à entrer dans le bureau. Une fois qu'ils furent tous les deux installés, le psychologue tapa rapidement un message à sa secrétaire sur son ordinateur : *Ne pas déranger, sous aucun prétexte.*

— Alors... J'imagine que vous avez de nombreuses questions suite à notre dernier entretien…

À ces mots, Nina Stinkins leva les yeux vers lui et son regard le transperça comme un poignard, mais pas d'une façon aussi désagréable que l'on pourrait le supposer. Leur connexion fut rétablie par ce regard et Karan sentit que la jeune femme en était aussi étonnée et décontenancée que lui. Elle reprit tout de même vite son aplomb pour le questionner.

— Monsieur Sharma. Cela fait un peu plus de deux jours que mon esprit bouillonne. Je me suis confiée, j'ai dit toute la vérité et je viens chercher des réponses. Si vous pouvez m'aider, je vous écoute. Mais je vous préviens, si c'est une stratégie pour finir par m'enfermer dans un institut psychiatrique parce que vous me pensez folle, je quitte ce cabinet immédiatement.

Le psychologue avait du mal à rassembler ses esprits. Il ne s'était pas attendu à un discours aussi empreint de fougue et de fermeté. La jeune femme avait dû être tout autant impatiente que lui durant ces quelques jours. Il fallait qu'il réagisse vite ou elle s'en irait. Et ça, Karan ne le voulait absolument pas. Il rassembla son courage à deux mains en se raclant la gorge. La bouche sèche, il répondit :

— Je ne...Vous n'êtes pas folle.

Les épaules de Nina Stinkins se décontractèrent et son regard s'adoucit immédiatement. Ces mots étaient visiblement ce qu'elle avait besoin d'entendre pour commencer.

— Vous m'avez raconté votre histoire. Il est temps que je vous parle de la mienne. Et vous comprendrez que, sans exagération de ma part, nos destins sont liés.

La respiration de la jeune femme sembla s'accélérer, tout comme son cœur, dans sa poitrine. Son visage pourtant ne trahissait rien. Elle était tout ouïe, mais l'auditoire était loin d'être conquis. Karan détourna les yeux une minute pour réfléchir aux mots qu'il allait choisir. Il était plutôt pudique et raconter sa vie à une parfaite étrangère était loin d'être un exercice facile. Il allait de plus devoir aborder une période de cette vie qu'il pensait avoir enfermée à jamais dans un coin de son esprit. Après une profonde inspiration, le psychologue se lança enfin.

Le cycle des âmes

— Je suis né dans un petit village isolé en Inde il y a 32 ans. Mon village... est unique. Les habitants y vivent en autarcie, loin des villes et des autres villages. Ils fonctionnent encore au troc. Ça vous donne une idée des conditions dans lesquelles je suis venu au monde. Mais ce n'est pas pour ça que je le qualifie d'unique. Nous formons une communauté à part, car nous ne sommes ni hindous ni musulmans. Nous sommes à peine bouddhistes. C'est drôle que je dise « nous » alors que j'ai renié tout ça il y a déjà longtemps...

Karan ricana légèrement en baissant les yeux. Parler de tout ça était encore plus douloureux que ce qu'il avait envisagé. Devant le silence que Nina Stinkins faisait perdurer, il reprit :

— En réalité, nos croyances portent sur la Rêveuse, un être unique, une femme capable de communiquer avec le grand Bain d'énergie cosmique à travers ses rêves. Ici, la définition de *rêve* implique des visions, de nuit comme de jour, et même le mot *vision* n'est pas correct... Mais vous savez mieux que moi ce que j'entends par là.

Il tenta un regard dans les yeux de sa patiente et les découvrit embués de larmes. La jeune femme contenait son émotion pour le laisser continuer. Il n'imaginait pas tout ce qui devait se passer dans sa tête.

— Le mythe de la Rêveuse ne vient pas d'Inde, mais de France. Un jour, lors de l'installation de comptoirs commerciaux français en Inde, une Rêveuse a débarqué d'un bateau. Grâce au Don, elle trouva une réincarnation de Bouddha. Ce pauvre homme n'en avait aucune conscience. La Rêveuse fit disparaître la barrière psychique entre Bouddha et lui. Après cela, il possédait les connaissances, les principes et la sagesse de Bouddha. La Rêveuse avait choisi cet homme pour transmettre son savoir, ses connaissances sur le Don. Quelles étaient ses motivations exactes, nul ne le sait... Bref. Cet homme devint le soutien de la Rêveuse en plus d'être son confident. Il devint un... apôtre si on peut dire, par rapport à votre religion.

Karan ne savait pas si Nina était chrétienne, mais il l'engloba dans la religion la plus présente dans l'Union du fait des origines françaises du pays.

— C'est ainsi qu'est née la fonction de Guide. Cet homme et cette Rêveuse formèrent la communauté d'où je viens.

— Incroyable... murmura la jeune femme entre ses lèvres.

Karan se gratta la tête et sourit légèrement. Il espérait que la gêne ne se lisait pas trop dans son attitude, mais le plus difficile à dire n'était pas encore sorti de sa bouche.

— Ce n'est pas tout... Dans notre village, à chaque génération, un Guide est choisi dans l'attente, un jour, du retour d'une Rêveuse. On dit que deux autres Rêveuses ont été servies par un Guide de notre communauté. Pour cette génération, et jusqu'à un âge vénérable ou la mort…

— Vous êtes le Guide. Mon guide.

Karan releva la tête vers la jeune femme qui finissait déjà ses phrases. Les larmes avaient fini par couler le long de ses joues rosées. Mais elles ne ressemblaient pas à des larmes de tristesse. Plus à l'expression d'un grand soulagement. Il hocha simplement la tête.

— On peut peut-être se tutoyer et s'appeler par nos prénoms à présent ?

Le psychologue savait aussi faire preuve d'humour. Et il crut faire mouche en voyant un grand sourire sur le visage de la Rêveuse derrière son rideau de larmes.

CHAPITRE 07

N ina fit un pas hors de sa nouvelle demeure et fut immédiatement aveuglée par le soleil. Avec une grimace, elle posa les lunettes noires toutes neuves, achetées la veille, sur son nez. La matinée promettait d'être rude.

La jeune femme n'avait pas eu le temps de penser davantage aux révélations de Karan Sharma sur son statut de Rêveuse à la suite de ce rendez-vous. Elle avait dû filer chez elle pour se changer afin de se rendre à l'université. Ce soir-là, l'université de Buade organisait sa célèbre réception pour les premières années de sociopsychologie. Y être en tant que professeur et non plus en tant qu'élève avait été quelque peu déboussolant pour Nina. Elle s'était attendue à retrouver Eric Ramirez, mais cette année, le professeur était absent. La jeune femme s'en était étonnée, car son mentor ne ratait jamais cette soirée. Il aimait déambuler et parler aux nouveaux étudiants pour y trouver sa perle rare. Cette pensée fit sourire Nina.

Le cycle des âmes

Un jour, peu de temps après son retour d'Hodgkin Island, alors que Nina traversait une phase difficile de réadaptation, il lui avait confié qu'il n'avait jamais eu une élève aussi brillante et qu'il n'avait pas trouvé de nouvelle perle depuis la promotion de Nina. À l'époque, cette confidence lui avait fait chaud au cœur. Aujourd'hui, la jeune femme avait encore un goût amer quand elle évoquait Ramirez. D'un côté, elle était soulagée de son absence à la soirée, ne voulant absolument pas parler de son père. Et à tous les coups, son ami lui aurait fait part de ses avancées dans la recherche de ce dernier. Nina ne voulait rien savoir. En tout cas pour le moment.

La jeune femme ajusta son sac à dos rempli de livres à rendre à la bibliothèque et se dirigea lentement vers l'arrêt de bus à quelques centaines de mètres de sa maison. Elle aurait pu prendre le métro quelques rues plus loin, mais elle aimait le confort des bus de Paradisia et leur côté désuet, quitte à ce que son trajet soit rallongé. Elle possédait certes une voiture, mais conduire dans cette ville était un parcours du combattant et Nina préférait utiliser les transports mis en place par la municipalité. L'Union était d'ailleurs connue pour son réseau, un des meilleurs du monde.

La nuit dernière avait donc été mouvementée. Ses nouveaux élèves étaient vraiment intéressants, tout comme être passée de l'autre côté du bureau. La jeune femme inspirait désormais un certain respect et une autorité que personne ne remettait en cause. Grâce à cette soirée, elle se sentait dorénavant légitime à son poste d'enseignant, repoussant son syndrome de l'imposteur aux tréfonds de sa pensée. Elle était restée tard à discuter avec chacun, coupe de champagne après coupe. Lorsqu'elle était enfin parvenue à s'extirper du groupe, un collègue de l'université avait préféré la ramener chez elle en voiture. L'escalier qui conduisait à sa chambre tanguait lorsqu'elle voulut la rejoindre. Elle parvint finalement jusqu'à son lit et s'y écroula sans même ôter sa robe de soirée. Malgré l'alcool, elle ne sombra pas dans une nuit profonde sans rêves. Mais elle ne rêva pas comme à son habitude non plus. Un mélange d'images agita son esprit jusqu'aux premières lueurs du jour : des extraits de son rendez-vous avec Karan Sharma, des bribes de sa soirée, des fragments des rêves de Joe et aussi de la jeune femme assassinée dans sa maison. Au réveil, Nina eut l'impression de ne pas avoir dormi. En plus de la nausée qui symbolisait sa gueule de bois, elle s'était éveillée avec une nouvelle obsession pour la femme qui était morte dans sa maison. Elle l'avait mise inconsciemment de côté suite aux rêves sur Joséphine, mais elle ne voulait pas la laisser tomber. Si Nina avait rêvé d'elle, il y avait une raison. Et elle eut soudain une idée, une idée qu'elle aurait dû avoir bien plus tôt. Elle travaillait dans l'université qui possédait une des plus grandes bibliothèques et un des plus grands réseaux de documentation du pays. Pourquoi n'avait-elle pas pensé plus tôt à aller y effectuer quelques recherches ? Par conséquent, après une bonne douche et un petit-déjeuner léger qu'elle espérait ne pas vomir sur le chemin, elle avait pris la décision de se rendre à l'université deux heures avant son premier cours avec les premières années.

Elle descendit du bus en remerciant le chauffeur et fut immédiatement plongée dans l'agitation du campus : des étudiants partout, certains marchant vers leur bâtiment d'études, d'autres assis dans l'herbe de la place centrale de l'université, en discussion ou avec un livre à la main. Nina ajusta ses lunettes en inspirant profondément et prit la direction de la bibliothèque. Le hall d'entrée était modeste et contrastait énormément avec son intérieur gigantesque. La jeune femme passa le portique de sécurité, se dirigea vers la réception et rendit les livres qu'elle avait empruntés pour préparer ses cours. L'endroit ressemblait à un immense entrepôt aux murs remplis d'étagères de livres. D'immenses fenêtres permettaient à une lumière naturelle de se diffuser allégrement. Composée de deux niveaux, la bibliothèque disposait de différents espaces, soit ouverts avec canapés et tables, soit de petites salles pour travailler en groupe sans déranger les autres visiteurs, ainsi que, celui qui intéressait Nina à ce moment-là, une partie informatique.

La jeune femme prit place devant un MAC de dernière génération et le déverrouilla avec son code enseignant, ce qui lui permettait d'accéder à bien plus de ressources que les étudiants. La plupart des journaux de la ville depuis les années 70 avaient été numérisés pour plus de facilité d'accès. À tous les coups, le meurtre aurait eu droit à au moins un petit encart. Ne restait plus qu'à trouver l'époque et le bon journal. La tâche de Nina lui parut alors insurmontable. Une date aurait été bien utile. La jeune femme ferma les yeux et tenta de faire abstraction des bruits autour d'elle pour se replonger dans les images de son rêve. Grâce à une excellente mémoire photographique, Nina trouverait facilement un indice, si un tel indice existait.

À en croire la tenue que portait la jeune morte, Nina estima pouvoir limiter la période aux années 80. Mais c'était encore trop vague. Rien dans le vestibule ne lui révéla autre chose. La jeune femme soupira et décida de se concentrer de nouveau sur la tenue à la recherche d'une marque. Après un moment les yeux fermés, elle trouva ce qu'elle cherchait sur les bottes montantes de la jeune femme. Brady. Elle ouvrit un navigateur de recherches sur l'ordinateur et y tapa le nom de la marque. Brady était effectivement une marque de chaussures courantes dans les années 80. Créée à partir de 1982, elle avait cessé son activité en 1986. Le champ se réduisait. En continuant de naviguer, Nina trouva que des exemplaires de catalogue par année de la marque étaient conservés... à la bibliothèque de l'université de Buade ! Nina tapa encore sur le clavier et trouva le numéro d'emplacement des catalogues dans l'immense bibliothèque. Un coup d'œil à sa montre lui indiqua qu'il ne lui restait plus qu'une heure avant son premier cours. Laissant son sac sur sa chaise pour qu'on ne lui prenne pas son ordinateur, la jeune femme traversa d'un pas rapide le bâtiment et monta quatre à quatre les marches conduisant à l'immense mezzanine servant de deuxième étage. Elle parcourut frénétiquement les allées de livres et trouva enfin celle qui l'intéressait. Après quelques minutes de plus, elle mit la main sur les catalogues. Nina s'assit par terre et commença à les feuilleter. Elle ne s'intéressait qu'aux chaussures noires, type bottines montantes, mais la marque en avait produit un certain nombre au fur et à mesure des années. Elle finit par arrêter son geste à la vue de la page 153 du catalogue de 1984. La jeune Rêveuse n'avait pas le temps de traîner. Elle rangea rapidement les publications et redescendit le plus vite possible sans faire de bruit jusqu'à l'espace informatique. Son ordinateur était bien resté libre.

Le cycle des âmes

En 1984, trois journaux quotidiens locaux étaient déjà imprimés. Nina décida d'en choisir d'abord un, le Paradisia Herald, journal toujours existant et à présent en ligne. Après quelques secondes de réflexion, elle tapa « homicide - 412 avenue Sigmund Freud – Paradisia - 1984 ». À son grand étonnement, aucun article portant sur un meurtre à son adresse ne fut écrit. Cependant, le logiciel de recherche lui proposait un autre article qui mentionnait son domicile. Nina cliqua sur le lien et parcourut l'article.

Avis de recherche de Marianne Turner

M. et Mme Turner recherchent activement leur fille, Marianne, âgée de 27 ans, résidant au 412 avenue Sigmund Freud, Paradisia. Divorcée, sans enfant, la jeune femme n'a pas été vue depuis le 7 janvier 1984. Si vous la voyez ou si vous avez la moindre information, vous pouvez contacter le journal ou la police de Paradisia.

Une photo était jointe à l'annonce de la disparition de Marianne. Un portrait d'une jolie brune souriante.
— C'est elle, murmura Nina. C'est elle.
La jeune femme lança l'impression de l'article puis tapa Marianne Turner dans la barre de recherche. Aucun autre article avec ce nom dans le Paradisia Herald. Nina tenta la même recherche sur les deux autres quotidiens, mais elle obtint le même résultat. Pour le monde entier, Marianne avait disparu, mais Nina connaissait, elle, la vérité. Elle était morte. Pourtant, si personne ne s'en doutait, c'est que la scène du crime avait été nettoyée. Où avait bien pu passer le corps de Marianne Turner ? Une autre information sauta

soudain aux yeux de la Rêveuse. Joe vivait également en 1984. Se pouvait-il que finalement ces différentes personnes soient liées ? Joe serait-elle à son tour en danger ? Il allait falloir en voir plus pour pouvoir répondre à ces interrogations. En attendant, Nina devait aller donner un cours.

***

Éric Ramirez quitta la station-service de la D508 pour reprendre la route vers la petite ville de Prescott, à 500 kilomètres de Paradisia. Il était parti en début d'après-midi après ses cours. Il aurait pu reporter son départ au lendemain, mais il voulait régler cette affaire au plus vite et apporter à Nina les réponses qu'elle avait besoin d'entendre, même si elle disait le contraire. Le coup de téléphone que Ramirez rechignait à passer avait finalement porté ses fruits. Il n'avait pourtant pas appelé l'inspecteur Alcott depuis des années et avait d'abord pensé qu'il ne l'aiderait pas. Mais les deux hommes avaient lié une certaine amitié lors de l'accident qui causa la vie de Jemma, la fille du professeur. Cinq ans plus tôt, elle et Jasmine avaient été renversées par un chauffard en traversant la route devant chez eux. Jasmine fut gravement blessée : une jambe cassée, des côtes enfoncées, le visage abîmé et un poignet foulé. Jemma, elle, mourut sur le coup. L'inspecteur Alcott avait été prié de retrouver le chauffard en délit de fuite. Il avait fini par trouver un alcoolique notoire qui avait déjà été plusieurs fois condamné pour conduite en état d'ivresse. Le juge décida alors d'une sanction exemplaire. L'assassin de Jemma pourrissait toujours sous les verrous, pour la plus grande satisfaction d'Eric Ramirez.

Le cycle des âmes

Alcott avait été ravi de prendre des nouvelles de Ramirez et, après que ce dernier lui avait raconté toute l'histoire, il accepta de lui donner ce petit coup de main exceptionnel. Quelques jours plus tard, le professeur avait une adresse. Il avait pris la décision de faire le trajet en voiture pour avoir le temps de réfléchir au discours qu'il allait avoir face à Stéphane. Il ne pouvait anticiper la réaction de ce dernier, mais il pouvait envisager certains arguments. Et puis Ramirez adorait conduire. Cela faisait une éternité qu'il n'avait pas fait un road trip de ce genre. Depuis que son couple avait volé en éclats à la suite de la mort de sa fille. Appeler l'inspecteur l'avait replongé dans cette triste période. Mais il fallait garder la tête froide, pour Nina. C'était drôle comme le destin pouvait parfois se jouer des humains. Le jour où Ramirez avait signé les papiers du divorce, mettant fin à son ancienne vie, était celui où il avait rencontré Nina. Il ne savait pas alors qu'elle était la fille de son ancien meilleur ami, mais quelque chose en elle l'avait poussé à la prendre sous son aile.

La route était déserte et Ramirez s'autorisa à appuyer un peu plus sur le champignon. Le soleil commençait lentement à décliner. S'il voulait atteindre son but avant qu'il fasse noir, il était temps d'arrêter de rêvasser.

***

C'était un sentiment toujours assez étrange pour Joe de suivre une inconnue main dans la main. Son cœur battait la chamade, ses mains étaient moites et son excitation se mélangeait étrangement à son dégoût. Comment pouvait-elle être attirée par quelqu'un du même sexe qu'elle ? C'était contre nature et jamais elle n'aurait cru qu'elle le pourrait. Joe avait connu plusieurs hommes depuis qu'elle avait quitté la maison de ses parents. À l'université, avec son groupe de rock et même au bar où elle travaillait, les occasions n'avaient pas manqué. Pourtant, le plaisir qu'elle avait pu ressentir à coucher avec un homme était tout relatif, et très loin du sentiment fantasmé qu'elle avait étant vierge. Mais elle avait toujours mis ça sur le compte de sa jeunesse et de ne pas encore avoir trouver LE bon.

Cependant un soir, une pin-up rousse était entrée chez Will alors que Joe était derrière le bar. Elle lui avait directement coupé le souffle et Joe avait commencé à ressentir des choses étranges, une attirance incontrôlable et incontrôlée qui avait lentement envahi son corps, de son visage cramoisi à son bas-ventre mouillé. Joe ne comprenait pas ce qui lui arrivait et fut encore plus bouleversée quand la rouquine vint s'asseoir au bar pour lui commander à boire. Sa voix était suave et langoureuse. Joe eut même l'impression qu'elle l'aguichait. Cette fois-ci, Joe ne l'avait observée que de loin, mais la rouquine revint plusieurs soirs d'affilée. Elles avaient discuté, ri et bu ensemble. Et puis un soir, Joe l'avait accompagnée jusqu'à sa voiture. Et les choses avaient vite dérapé.

Ce soir, sa conquête était plutôt mignonne, mais moins plantureuse. C'était son charisme qui avait d'abord attiré Joe, et aussi ses incroyables yeux verts. La jeune femme avait voulu être raccompagnée chez elle. Joe possédant une voiture, c'était une bonne excuse pour passer plus de temps ensemble. Elles n'avaient pas beaucoup parlé pendant le trajet, mais la tension sexuelle était pesante. Joe ne comprenait toujours pas ce sentiment. Il lui plaisait et la dégoûtait en même temps. Elle s'écœurait de céder ainsi à la tentation. C'était comme une semence noire qui germait en elle à chaque nouvelle rencontre. Elle entendait sa mère et tous les sermons qu'elle avait été obligée d'écouter à l'église qui réprimaient ce genre d'humeur. Déjà, pour sa mère, restée à l'âge de pierre, le sexe ne devait servir qu'à faire des enfants. Joe ne lui avait toujours pas dit qu'elle n'était plus vierge, et ne comptait d'ailleurs pas lui dire de sitôt, alors lui parler d'attirance pour des femmes pourrait la tuer. Bien que Joe possédait beaucoup de divergences avec sa mère, elle ne voulait tout de même pas la voir mourir. Ce n'était pas une menace à sa vie. Contrairement à ce poison qui coulait de plus en plus dans ses veines.

Sa conquête s'arrêta devant la porte de sa petite maison, se retourna en souriant et caressa la joue de Joe. Ce geste secoua la jeune femme de frissons. Elle n'aurait pas su dire si c'était de plaisir ou de répugnance. Joe n'en pouvait plus, il fallait que la pression dans sa tête redescende. Enfin, la porte de la maison s'ouvrit. Son amie, encore inconnue quelques heures plus tôt, enleva son manteau et le déposa. Joe en profita pour refermer la porte et sortit son outil. C'était le moment. C'était lâche, mais elle ne pouvait plus attendre. Elle porta un premier coup avec son couteau dans le dos de sa victime et regarda sa tunique s'imbiber de sang. Avant de laisser le temps à sa conquête de se retourner, Joe asséna un autre coup. Puis un autre. Et un autre. Le coup était de plus en plus brutal et du sang éclaboussa son visage. Elle regarda alors sa victime s'écrouler sur le sol et observa la vie quitter ses yeux alors qu'elle tentait de comprendre pourquoi. Joe, le couteau ensanglanté à la main, laissa l'air sortir de ses poumons, comme soulagée. Comme à chaque fois, le calme l'envahit de nouveau. Cette répugnante envie avait disparu dès que sa victime avait rendu l'âme. Il lui restait cependant encore du travail avant de quitter la petite maison du 412 avenue Sigmund Freud de Paradisia.

Le cycle des âmes

CHAPITRE 08

Nina Stinkins se leva brusquement et traversa le couloir. Elle se rendit dans la salle de bain aussi vite que ses jambes encore engourdies de sommeil le pouvaient. Elle s'agenouilla, se pencha par-dessus la cuvette et rendit son repas de la veille. La tête lui tournait et la nausée restait présente. Les idées se bousculaient dans son esprit. Elle comprenait à présent le lien entre le meurtre de Marianne Turner et ses rêves sur Joséphine Miller. Nina vomit de nouveau en reformulant la situation : Joe avait tué Marianne.

Dans SA maison. La maison où elle mangeait, dormait. Nina en était bouleversée. Jamais, au grand jamais, elle n'avait pensé qu'un jour elle se retrouverait dans la peau d'une meurtrière. Elle avait été surprise de cette sorte de joie et de soulagement qu'elle avait ressenti en tuant Marianne. Voir quitter la vie de son corps était une expérience plus que traumatisante. Mais un autre élément perturbait la Rêveuse : ce n'était pas la première fois que Joe tuait. Marianne n'était pas sa première victime. Combien d'autres ? Sans doute, n'était-ce pas la dernière non plus. Rien que l'idée de revivre à nouveau ce genre d'évènement mettait à mal l'estomac de Nina. Qu'avait-elle fait du corps ? Car Marianne n'avait jamais été retrouvée et aucune trace dans la maison n'avait éveillé les soupçons des policiers en charge de la disparition. Les techniques étaient moins développées dans les années 80, peut-être n'avaient-ils pas vu ce qui pourtant était là.

Quand Nina se sentit un peu mieux, elle tituba jusqu'à la cuisine pour boire un verre d'eau et s'installa tout de suite à son ordinateur. Elle n'avait pas cours aujourd'hui, elle pouvait donc se concentrer à en apprendre plus. Marianne ne devait donc pas être la seule à s'être évaporée dans les airs en 1984. Il faudrait que Nina retourne à l'université pour éplucher de nouveau les journaux de l'époque. En attendant, elle pouvait chercher à rentrer en communication. Il fallait trouver un lieu que Joe avait fréquenté suffisamment de temps pour que son essence ait imprégné l'endroit. La jeune femme chercha dans les souvenirs de ses rêves avec Joe. Comment s'appelait le bar où elle travaillait ? Elle finit par se rappeler le prénom du propriétaire et tenta plusieurs noms d'établissements possibles en utilisant son instinct. Elle le trouva plutôt facilement. *Chez Will* avait été vendu plusieurs fois depuis, mais Nina n'eut aucun mal à trouver sa trace. Une balade dans le centre de Paradisia s'imposait, mais la jeune femme devait d'abord faire un brin de toilette si elle voulait faire bonne impression au nouveau propriétaire. Elle allait devoir le convaincre de la laisser seule un moment dans son établissement.

Deux heures plus tard, Nina Stinkins montait les marches de l'escalier en fer attenant au bar, après avoir observé la façade. Le *Shiny* ne payait pas de mine d'extérieur. Une vieille bâtisse des années 60, une façade peu entretenue à la peinture dégoulinante. L'enseigne était pourtant propre et plutôt moderne, contrastant avec l'allure générale du bâtiment. Elle s'arrêta sur la plateforme de l'escalier juste devant une porte en PVC blanc. Ce n'était clairement pas la porte d'origine et la jeune femme se rendit compte que les fenêtres aussi avaient été changées. Elle espérait qu'à l'intérieur l'atmosphère n'avait pas trop fluctué pour pouvoir plus facilement se connecter à Joe. Nina sortit la clé que lui avait donnée le nouveau propriétaire. Martin Benoît n'avait pas été facile à convaincre. Il avait d'abord refusé tout net qu'elle ne mette, ne serait-ce qu'un pied dans le bar. Elle avait joué la carte d'une descendante de Joséphine Miller pour essayer de l'attendrir. Il refusait toujours qu'elle rentre dans le troquet, mais il avait fini par accepter qu'elle passe un moment à l'étage. Ce qu'il fabriquait dans cet établissement fermé au public à ce moment-là était un mystère, mais pas un de ceux qui concernaient Nina, aussi elle n'insista pas et prit la clé de l'étage.

La jeune femme introduisit la clé dans la serrure et après un simple tour, elle put entrer dans l'appartement où Joe vivait en 1984. Will Tenebaum, le propriétaire du bar et patron de Joe en ce temps-là, possédait également le reste du bâtiment incluant ce petit appartement. Avant l'arrivée de Joe, c'était Will qui en avait fait ses quartiers, mais peu de temps avant que Joe entre dans sa vie, il avait emménagé dans une petite maison à quelques rues de là avec sa nouvelle femme. Il cherchait un locataire lorsqu'il engagea Joe au bar et de fil en aiguille, il apprit que la demoiselle était également en quête d'un logement. Pour le patron, l'affaire était idéale : si quelque chose devait se passer quand le bar était fermé et en son absence, Joe serait à domicile pour gérer et le tenir au courant. La jeune femme avait immédiatement accepté son offre. Elle y avait vécu quelques années et Nina espérait que cela avait suffi à son énergie pour imprégner les lieux.

Nina fit un pas dans l'appartement qui sentait le renfermé et la poussière. Le nouveau propriétaire ne le louait plus après avoir eu des problèmes avec plusieurs locataires. Il servait aujourd'hui de lieu de stockage. Quelques meubles parcheminaient le sol de la pièce principale. La Rêveuse en fit rapidement le tour et découvrit une salle de douche avec WC, une chambre et une petite cuisine à la suite. Nina sentait déjà quelque chose. Il restait à savoir si c'était bien Joe. La jeune femme n'avait jamais essayé de provoquer un rêve. Elle ne savait donc pas si cela allait fonctionner, mais elle se devait de tenter le coup. La première chose était de s'installer confortablement pour éviter la chute et se retrouver le nez dans la poussière comme elle l'avait déjà vécu à Hodgkin Island. Elle s'approcha d'une forme ressemblant à un fauteuil et retira le drap blanc qui le protégeait. Elle s'installa dans le siège en jonc brun, inspira profondément et ferma les yeux. Elle tenta de faire le vide dans son esprit, aucune pensée autre que Joe ne devait voleter. Elle fut d'abord perturbée par les bruits de la ville, alors elle se concentra en premier à les effacer. Progressivement, le silence se fit dans sa tête. Le noir envahissait son esprit, les pensées parasites cessèrent et elle se projeta dans l'espace. Elle voyait une voie lactée devant elle avec le sentiment d'être légère. Les battements de son cœur diminuèrent et elle sentait qu'à présent, elle pouvait chercher la connexion. Les mots symbolisant sa pensée sortirent oralement de sa bouche.

— Allez, Joe, je suis là. Montre-moi ce que tu as fait. Montre-moi qui tu es.

**

Quand le dénommé Albert ouvrit de nouveau les yeux, il crut d'abord que pour la première fois, il n'avait pas réussi à rêver tellement l'obscurité était forte. Peu à peu, ses yeux s'habituèrent et il découvrit qu'il avait atterri dans une ruelle sombre, en plein milieu de la nuit. Un simple lampadaire lui procurait le peu de lumière dont il avait besoin pour observer où et quand il était.

Il grimaça soudain en s'apercevant à quel point il sentait mauvais. Il baissa les yeux et vit les vêtements sales, trop grands et élimés qu'il portait. Il était d'une maigreur maladive, sa barbe non lavée piquait son odorat, peut-être plus que ses vêtements. Il se redressa et constata que le SDF dont il avait pris le corps dormait sous un tas de cartons, se servant de son sac à dos, contenant ses seules possessions, comme oreiller. Mon Dieu, ce qu'Albert se sentait mal à l'aise ! Il avait lui-même vécu quelques années de vagabondage après être sorti de l'institut et avant de trouver sa voie. Il n'avait pas nécessairement envie de se rappeler cette époque. Il n'était cependant pas tombé aussi bas que ce pauvre vieux. Albert toussa violemment puis se leva et étira le corps meurtri du SDF avant de chercher des informations sur l'endroit où il était. Il ne se trompait jamais sur l'époque où il souhaitait se rendre et les devantures des magasins dans la rue perpendiculaire à la ruelle lui confirmèrent qu'il se trouvait bien dans les années 80. Il trouva même une année précise et le nom d'une ville sur une affiche, 1984 à Paradisia. Parfait. Il chercha ensuite une plaque avec le nom de cette ruelle qui semblait suffisamment importante pour qu'il puisse la retrouver facilement dans le présent. Mentalement, il enregistra les différents commerces qu'il trouva dans cette portion de rue : deux magasins de vêtements, un tabac, un bar, une supérette et une pharmacie. Tout en faisant déambuler le SDF comme s'il avait bu, Albert finit par dénicher la plaque qu'il cherchait : avenue Mayfield. Satisfait, il se frottait les mains quand il entendit des pas et des rires qui s'approchaient. Il se rua de nouveau dans la ruelle sombre pour se dissimuler. Deux femmes avançaient bras dessus, bras dessous. L'une d'elles, une brune, ne marchait pas très droit. La deuxième, une blonde, avait l'air plus sobre. Quelque chose chez cette jeune femme perturba immédiatement Albert, mais un autre détail attira son attention. Il reconnut, après l'avoir un peu mieux détaillée, la jolie brune : Virginie Cavanagh. Bien que le SDF n'eût pas de très bons yeux, il vit même attaché à son poignet le bracelet qu'il recherchait. Albert ne put résister à se congratuler. Sa maîtrise du Don l'impressionnait lui-même de jour en jour. Si l'homme avait été transporté à ce moment précis de la vie de Virginie, c'est qu'il serait crucial. Tapi dans l'ombre, il ne lui restait plus qu'à observer.

Les deux jeunes femmes s'arrêtèrent près d'une voiture qu'Albert reconnut facilement grâce à ses connaissances sur les véhicules anciens : une vieille Mustang MKII de 1976 bleu foncé. Des informations que l'homme avait pu recueillir sur Virginie, elle ne possédait pas de voiture. Cette dernière devait donc appartenir à la blonde. Plus il les observait, plus il avait l'impression qu'à cet instant, ils n'étaient pas que tous les trois dans cette rue. Il était pourtant deux heures du matin et Albert ne voyait personne d'autre dans son champ de vision. Cependant, il ressentait la présence de quelqu'un d'autre, quelqu'un qu'il ne voyait pas. C'était la première fois que ce genre de sensation perturbait un rêve. Albert essaya de se concentrer de nouveau sur ce qui se passait entre les deux jeunes femmes. Leurs deux corps se rapprochèrent et elles commencèrent à s'embrasser. Le premier baiser fut chaste, mais l'attirance sexuelle entre les deux femmes était bien visible. Virginie semblait y prendre beaucoup de plaisir. Il était plus difficile de savoir ce que ressentait la blonde : ses traits oscillaient entre l'euphorie et la répulsion. Il y avait vraiment autre chose chez cette femme... Il décida de pousser encore plus son pouvoir en faisant abstraction de Virginie et du décor de la rue pour ne sentir que la blonde. La présence qu'il ressentait n'était pas physiquement dans la rue : quelqu'un d'autre était dans le corps de la jeune femme. Deux énergies se trouvaient là, l'une ayant pris provisoirement la place de l'autre. Exactement comme ce qu'il faisait lui. C'était impossible. Jamais Albert n'avait entendu parler d'autres personnes comme lui. Il savait que traditionnellement, c'étaient des femmes qui portaient ce don et qu'il était unique en tant qu'homme. Mais il n'avait jamais eu vent de Rêveuses en vie en même temps que lui, et encore moins dans le même pays. Et pourtant, il devait bien se rendre à l'évidence : il était bien en face d'une autre personne évoluant dans le corps de la blonde. Albert n'eut pas le temps de surmonter son choc qu'il vit la blonde, un couteau de cuisine à la main, poignarder Virginie. Voilà ce qui était arrivé à Virginie Cavanagh. Elle n'avait pas seulement disparu. Elle était morte, assassinée.

***

Nina Stinkins ouvrit les yeux en enfonçant les ongles dans les accoudoirs du fauteuil dans lequel elle se trouvait. Ses yeux pleuraient, mais un rictus allongeait ses lèvres. En plus du soulagement, elle ressentait à présent un certain plaisir à tuer. La jeune femme eut besoin de quelques minutes pour redevenir elle-même, retrouver où elle se trouvait, et surtout pour réaliser que ce n'était pas elle qui avait tué cette nouvelle jeune femme. C'était le deuxième meurtre qu'elle vivait en Joe, et Nina savait que ce ne serait pas le dernier. Dans ses premières visions, la Rêveuse avait certes senti un certain mal-être chez Joe, mais il paraissait anodin. Aujourd'hui, les sentiments de la jeune femme n'étaient pas encore lisibles pour Nina. Joe prenait donc de plus en plus de plaisir à mettre fin à la vie d'autrui. Mais ses victimes n'étaient pas choisies au hasard. Elle voulait se débarrasser des femmes de petites vertus, libérées du carcan de l'hétérosexualité institué et profitant de la nouvelle liberté sexuelle qui avait été amenée par les années 70. Pourquoi cibler ces femmes homosexuelles ? Les sentiments de Joe à ce sujet étaient contraires. Nina avait ressenti l'attirance de Joe pour ces femmes, sexuellement, mais elle jugeait ce sentiment honteux, mal, satanique. Le démon envahissait l'âme et le corps de ces êtres et Joe voulait expier ce maléfice qui grandissait en elle en éliminant celles qui étaient déjà perdues, corps et âme.

Nina eut soudain une envie irrésistible de rejeter le seul beignet qu'elle avait avalé sur le chemin vers le bar. Son estomac, encore fragile, ne s'habituait pas à vivre ce genre d'événement. Ressentir de la joie alors qu'elle plantait ses coups dans le corps d'un autre être humain, ressentir le soulagement lorsque la vie quittait les yeux de sa victime, ressentir un certain bien-être, satisfaite, de son action, tout ça lui retournait complètement les boyaux. Elle se précipita dans la petite salle de bain de l'appartement laissé à l'abandon. Cette vision n'avait servi qu'à comprendre l'évolution de sentiments de Joe lors d'un meurtre. Mais Nina était déçue. Elle s'attendait à avoir plus d'informations, une idée de ce qu'elle faisait des corps après la disparition des victimes. Des indices pour les retrouver. Ou même des idées pour retrouver Joséphine, vivante ou morte. Alors que Nina avait la tête dans les toilettes, on toqua à la porte de l'appartement. Nina s'essuya la bouche avec sa manche et regarda sa montre. Une bonne heure s'était écoulée depuis son entrée dans l'ancien logement de Joe. Il était temps de quitter l'endroit : il ne lui apprendrait plus rien.

Le cycle des âmes

Nina inspira à fond. Il était huit heures du matin et la jeune femme était prête pour son premier cours de la journée. Elle était venue plus tôt ce jour-là pour photocopier une partie d'un chapitre de sa thèse afin de l'analyser avec les élèves. Heureusement pour elle, son programme était prêt depuis longtemps, car la journée de la veille n'avait pas été prolifique. Elle avait passé son après-midi amorphe sur son canapé devant des programmes TV que Nina nierait avoir regardés. D'ailleurs, elle n'était pas sûre de les avoir vraiment vus, tellement assommée par les deux rêves successifs qui avaient montré Joe comme une véritable tueuse en série. Elle avait à peine réussi à manger le soir et avait finalement quitté son canapé pour son lit. Mais heureusement, cette nuit-là fut sans rêves et Nina pouvait donc attaquer sa journée de cours plutôt reposée et l'esprit plus serein. Elle n'en oubliait pas pour autant son enquête pour retrouver les victimes de Joe, mais cette journée à l'université était une pause plus que bienvenue.

Elle traversa la salle de classe et ouvrit la porte pour laisser entrer les étudiants du groupe A. Même si elle n'était pas censée en avoir, le groupe A était son préféré sur les cinq groupes de première année de sociopsychologie à qui elle donnait cours. Deux élèves l'intéressaient encore plus particulièrement : Alice, une jeune femme très scolaire, qui travaillait beaucoup et par conséquent qui avait souvent les bonnes réponses, et Maxime. Nina cherchait à détendre un peu Alice et à lui permettre de se faire confiance, de lâcher un peu le savoir pur pour se forger une vraie réflexion critique. Maxime, lui, était particulièrement brillant sans se donner beaucoup les moyens. Nina s'était renseignée sur cet élève : famille très modeste, il bénéficiait de bourses à un niveau maximal, ce qui lui permettait d'étudier dans cette grande université. Ses vêtements trahissaient son besoin d'afficher une image différente de celle de son milieu d'origine. Cependant, ses notes étaient loin d'être éclatantes. Les autres professeurs lui reprochaient son manque de travail et d'assiduité. Et les fois où il était vu dormant dans l'amphithéâtre pendant les cours magistraux étaient légion. Nina se demandait pourquoi il agissait ainsi, surtout au vu de ses capacités. La jeune femme voulait lui proposer un rendez-vous pour en discuter. Ce n'était pas vraiment son rôle, trop débutante pour être tutrice, mais ils avaient, après quelques cours, une véritable relation de confiance.

Nina distribua ses photocopies pendant que les étudiants finissaient de s'installer. Puis, comme à son habitude, elle s'assit sur son bureau, la feuille à la main.

— Bonjour à tous. Pour aujourd'hui, je vous avais demandé d'étudier une partie du chapitre 6 de ma thèse et d'effectuer des recherches sur le sujet pour approfondir. Je vous ai photocopié l'extrait que nous allons analyser pour que vous puissiez le surligner, l'annoter, et cætera.

Le cycle des âmes

Les étudiants avaient le nez dans le texte. Certains ne l'avaient clairement pas lu avant de venir en cours. D'autres relevèrent vite la tête, car ils en avaient encore le souvenir.

— Question facile pour commencer, poursuivit Nina. Quels thèmes sont abordés dans cette partie ?

Alice fut évidemment la première à lever la main. D'autres, plus timides, suivirent.

— Laurent ?

— Vous abordez l'histoire de l'Union et les croyances qui existaient à l'époque...

— Effectivement, quelqu'un pourrait-il être plus précis ?

Alice leva de nouveau la main. Étonnamment, Maxime fut le second. Il semblait encore fatigué, comme à chaque fois que Nina l'avait en cours. Il y avait forcément une cause à cette fatigue, si tôt le matin.

— Maxime ?

— En fait, vous parlez précisément du moment où l'Union a été créée. Les colons français avaient envahi une grande partie de l'Amérique du Nord quelques décennies plus tôt. Des enfants sont nés de l'union de colons avec des indigènes, ce qui amena progressivement une nouvelle population qui ne voulait plus des Français sur le sol américain. L'Union fut créée après la guerre d'indépendance.

— Et concernant les croyances ? demanda Nina, admirative.

— Eh bien, il y en a plusieurs. D'abord, la croyance dans un nouvel avenir avec ce nouveau pays. Une croyance en Dieu aussi, une ferveur qui s'était développée depuis la colonisation des Français. Mais aussi des croyances persistantes...

Le cycle des âmes

— Stop ! Arrête-toi là, l'interrompit Nina. C'est un excellent résumé. Je vous laisse un moment pour relire cet extrait, trouver les autres croyances évoquées dans le texte et par Maxime et surtout, la construction de cette partie. Car vous allez devoir l'acquérir pour l'exposé à faire dans les semaines à venir.

Les étudiants sortirent tous un surligneur, et se plongèrent dans le texte. Nina était satisfaite. Ses élèves, tous groupes confondus, avaient adhéré à sa méthode et à son domaine. Et c'était un vrai plaisir de transmettre son relatif savoir à des étudiants intéressés. Elle ne s'était pas attendue à autant aimer ça. Elle aimait aussi les échanges avec ces jeunes gens qui avaient parfois une analyse différente de la sienne et les débats étaient toujours fournisseurs de belles pensées et d'autres réflexions. Ce premier mois avançait très bien.

La journée de Nina s'écoula à une vitesse folle. La jeune femme mettait beaucoup d'énergie à donner des cours et elle ne s'était pas attendue à ce qu'une journée de classe, à enchaîner les groupes d'étudiants, la fatigue autant. Il faut dire que malgré tout, les jours n'avaient pas été simples et que les pensées liées à Joe n'avaient pas réellement disparu, même ce jour-là. Dès qu'elle avait un moment de libre, des images des meurtres revenaient la hanter. Heureusement, son esprit était vite de nouveau occupé par ses cours.

La fin des classes ne signifiait pas pour autant la fin de la journée pour Nina, car elle enchaînait par un rendez-vous avec Karan Sharma. Lui aussi occupait ses pensées depuis leur dernière rencontre. Lui et toutes les informations qu'il lui avait transmises. Elle avait un nom à poser à présent : elle était une Rêveuse. Passionnée d'Histoire, le récit de l'apparition des Rêveuses la fascinait. Cette Histoire n'était écrite nulle part puisqu'il avait fallu que Nina rencontre Karan pour en avoir connaissance, malgré toutes les recherches qu'elle avait effectuées, jusqu'au bout du monde. Le savoir était bien caché, confidentiel. Nina entra dans le cabinet, se présenta à la secrétaire puis alla s'asseoir confortablement dans la salle d'attente. Elle esquissa un sourire. Elle trouvait ça un peu étrange, mais aussi amusant d'avoir rendez-vous au cabinet de Karan Sharma comme une simple patiente, vu le lien qu'était censé avoir la Rêveuse et son Guide. Fatiguée de sa journée, elle ferma les yeux, juste pour quelques secondes. La secrétaire l'avait prévenue que monsieur Sharma avait un peu de retard. Elle avait donc le temps de se relaxer cinq minutes. Mais ce laps de temps suffit à la plonger dans un sommeil qui s'annonçait émotionnellement mouvementer.

***

Nina ouvrit les yeux dans un lieu qu'elle avait déjà visité en rêve. Pour la première fois, et c'était très étrange pour la jeune femme, elle sentait qu'elle partageait le corps d'une autre personne. Elle sentait l'énergie, l'âme de Joe à l'intérieur et c'était elle qui était vraiment aux manettes. La plupart du temps, même si Nina ne pouvait empêcher certains actes de Joe, elle ne ressentait pas l'autre. Elle avait la sensation d'être dans son propre corps et de vivre la vie de la personne qu'elle incarnait. Aujourd'hui, tout se mélangeait entre Joe, présente et active dans son corps, et Nina, simple spectatrice. Elle se trouvait de nouveau à l'hôpital dans le service oncologie où elle avait rencontré le père de la jeune femme. Cette fois, Nina sentait Joe agitée et terrifiée. Elle interrogea l'infirmière qui lui indiqua la même chambre que lors du dernier séjour de son père, mais cette dernière ne voulut pas en dire plus sur son état. Joe devait attendre de voir le médecin, cependant, si sa mère l'avait appelée, cela ne présageait rien de bon. La jeune femme prit le couloir blanc et aseptisé, arriva devant la chambre et frappa timidement. La porte s'ouvrit sur sa mère. Comme à son habitude, elle avait un visage impassible qui fit déjà grincer les dents de Joe. Cette dernière passa devant elle sans un mot et s'approcha du lit médicalisé pour embrasser son père. Déjà bien amoindri la dernière fois qu'elle l'avait vu lors de son court retour à la maison, Joe s'étonna encore de sa maigreur. Il avait le teint légèrement jauni et avait du mal à garder les yeux ouverts. En voyant son très cher papa dans cet état, Joe ne put empêcher les larmes de lui monter aux yeux. Elle prit la chaise à côté du lit, s'y assit doucement, et prit la main de son père dans la sienne, comme elle l'avait déjà fait.

— Papa, tu m'entends ?

La mère de Joe s'était approchée de nouveau, elle resta debout, les mains jointes, devant le lit de son mari.

— On lui donne de la morphine, je ne sais pas s'il est encore capable de nous entendre… ou en tout cas de nous comprendre.

— Pourquoi ne pas m'avoir appelée plus tôt ?!

Joe avait tourné la tête vers sa mère et lui lançait un regard noir. Elle tentait de calmer ses nerfs, mais sa colère transparaissait sur ses traits.

— Je ne voulais pas… Enfin… Son état s'est détérioré si vite. Je suis désolée.

Le cycle des âmes

Joe fut surprise de la réaction de sa mère. C'était la première fois qu'elle l'entendait s'excuser et qu'elle la voyait baisser ainsi les yeux. Elle semblait vraiment attristée par l'état de son mari et la suite logique des évènements. Son visage de porcelaine paraissait s'affaisser et ses rides ressortaient davantage. Joe se retourna vers son père et caressa son visage de sa main libre. Les larmes se mirent à couler le long de ses joues alors qu'elle percevait enfin la dure réalité. C'était la fin.

— Je suis désolée, papa… Je suis désolée…

Nina ne comprit pas exactement de quoi Joe s'excusait. Parlait-elle de son passé ? Cela aurait été étonnant, car son père avait toujours été en accord avec les décisions de Joe, même quand il ne les comprenait pas. Des meurtres ? Si tel était le cas, tout n'était pas encore perdu. Nina espérait que Joe s'arrête là pour ne plus déplaire à son père. Peut-être que ces paroles n'étaient pas adressées uniquement à son père, mais aux victimes elles-mêmes. Et peut-être aussi à une puissance supérieure, comme une supplique, au cas où. Même si la Rêveuse savait bien que la foi de Joe s'étiolait. Alors que cette dernière posait sa tête sur le rebord plastique du lit de son père, il tourna la tête et se racla la gorge. Joe se redressa aussitôt et tenta un sourire.

— Papa ?

Charles Miller tendit son bras squelettique et de sa main rêche, il caressa la joue de sa fille. Joe fut surprise du contact de sa peau. Elle s'était attendue à une certaine fraîcheur de ses membres, mais en réalité, son père suait à grosses gouttes et son corps était chaud. Charles essayait tant bien que mal de parler.

— Tout va bien, papa, je suis là…

Joe ne voulait pas qu'il s'épuise, mais son père avait visiblement quelque chose d'important à lui dire.

— Ma puce… Je t'aime. Tu es… une lumière dans… le monde. Ne laisse… personne… te dire le contraire.

Cette simple phrase essouffla Charles et une quinte de toux l'empêcha même de poursuivre. Il reposa sa tête sur l'oreiller et ferma les yeux. Sa poitrine se gonflait et s'affaissait de façon abrupte. Même respirer devenait une corvée. Joe réalisa enfin que son père allait mourir. Dans l'émotion totale, Nina ne put déterminer si cet événement allait arrêter ou accélérer sa folie meurtrière. Ce qu'elle savait, c'est que Joe se ressentait presque déjà orpheline. Et pas que de père. Elle doutait nettement de garder un lien avec sa mère, une fois son père parti. Elle ne lui souhaitait pas la mort, mais elle pensait que le seul lien qu'elles avaient en commun était allongé, mourant, sur un lit d'hôpital. Joe appuya de nouveau sa tête sur ce lit et ferma les yeux. Un tourbillon de pensées envahit son esprit avant que Nina se sente secouée, comme si on tentait de la réveiller.

***

— Nina ? Nina ? Vous m'entendez ? Nina !

La jeune femme se redressa brusquement avec une respiration bruyante, comme si son souffle s'était arrêté pendant un instant. Elle avait cru ne fermer les yeux que quelques minutes, mais pour qu'on la réveille ainsi, cela avait dû durer bien plus. Nina sentait la chaleur de ses larmes le long de ses joues, de la tristesse de perdre ce père qui n'était pas le sien. Ce n'était malheureusement pas la première fois pour la Rêveuse. Henry Hodgkin avait été un père de substitution pour Sarah, et Nina avait pu ressentir toute sa peine quand il avait fallu lui dire adieu sur Hodgkin Island.

C'est alors que la rouquine se mit à rire. Un rire incontrôlé et incontrôlable, un rire nerveux qui transforma les traits de Nina. À travers ses larmes, elle remarqua Karan Sharma, ébahi, qui jeta un œil épouvanté vers sa secrétaire, à la droite de Nina. Elle sentit alors qu'on la prenait par le bras. La poigne de Karan Sharma était forte, mais douce à la fois. Elle continua à rire jusqu'à ce qu'elle soit assise devant le bureau du psychologue. Sharma renvoya la secrétaire et prépara un verre d'eau de la fontaine présente dans la pièce. La jeune femme cessa progressivement de rire en avalant l'eau fraîche qui lui éclaircissait les pensées. Elle posa le verre vide sur le bureau et remercia son Guide avant de mettre la tête dans ses mains. À présent, elle ne ressentait plus les émotions de Joe, mais sa propre honte. Elle prit une profonde respiration et se redressa finalement, prête à subir le regard inquiet de Karan Sharma.

— Nina, tu vas bien ?

Que répondre à ça ? Si guide il était, il fallait tout lui raconter. Peut-être y verrait-il plus clair dans cette affaire ou peut-être ses conseils éclairciraient-ils la situation ? Nina décida de tenter le coup.

— Je suis désolée… Je…

— Tu étais en train de rêver, n'est-ce pas ? Dans ma salle d'attente…

— En effet. D'avoir été sortie de force a provoqué ce rire, que je ne peux expliquer. Quant aux larmes, elles n'étaient pas les miennes…

Comprenant que Nina n'aurait pas besoin de plus d'aide physique, Karan posa son dos sur le dossier de sa chaise et s'installa confortablement.

— C'est-à-dire ? De quoi rêvais-tu ?

Nina lui raconta alors tout, encore une fois. Elle reparla de l'assassinat dans sa maison, puis des rêves sur Joséphine Miller, d'abord de simples moments de vie puis des mises à mort, les états d'âme de la jeune femme et les doutes de Nina sur ce qu'elle devait faire. Elle n'en pouvait plus de ces affreuses visions, elle ressentait une culpabilité conséquente qui la rendait malade, une culpabilité que ne semblait pas ressentir Joe. Elle commençait à souffrir, comme Joe souffrait, même si jusqu'alors, elle ne le montrait pas en public. Continuer lui paraissait une montagne à surmonter. Ce qu'elle vivait désormais était bien plus difficile avec le recul que ce qu'elle avait vécu à Hodgkin Island. Nina s'arrêta enfin de parler, l'écho de ses paroles dans la tête. Elle baissa les yeux, attendant sagement la réaction de celui qui devait être son guide. Mais le voulait-il réellement ? Et elle, que voulait-elle ?

— Nina… Tu vas dire que je fais mon psychologue, mais… Que se passerait-il si tu ne faisais rien ?

Nina releva la tête en tortillant une mèche de cheveux. La réponse était tout de même évidente.

— Je deviendrais folle par les visions. Car je sais qu'elles ne s'arrêteront pas.

— Et si je te disais que si, il y a une méthode pour les faire s'arrêter. Du moins, stopper celles que tu ne veux pas.

Nina se redressa brusquement sur son siège alors que Karan posait les bras sur son bureau, les mains jointes.

— Vraiment ?

Le cycle des âmes

— Vraiment. En fait, deux choix s'offrent à toi.

Karan prit quelques secondes avant de continuer, Nina était tout ouïe.

— Soit, nous travaillons pour pouvoir mettre de côté les visions concernant Joe et que tu puisses poursuivre ta vie. Soit, tu acceptes ces visions et tu retrouves les victimes pour leur apporter la paix. En réalité, le choix est encore plus simple : soit tu agis pour toi, soit tu te voues aux autres.

Nina ouvrit la bouche de stupeur devant l'évidence des propos de Karan Sharma. Elle comprenait mieux la popularité de cet homme dans le milieu de la psychologie. C'était sans doute le destin qui l'avait orienté vers ce métier, car cela n'en ferait qu'un meilleur Guide. Exposé ainsi, son dilemme semblait évident à la jeune femme. Il ne restait plus qu'à s'armer de courage et de patience.

— Tu es mon dernier rendez-vous d'aujourd'hui, ça te dirait de… prendre un verre ?

***

Cela faisait plusieurs jours que Karan Sharma hésitait à inviter Nina Stinkins à sortir de son cabinet. Il avait mis du temps à réaliser qu'elle ne venait pas le voir en tant que psychologue, mais en tant que Guide. Son statut face à la Rêveuse se révélait beaucoup trop intime pour rester à échanger en étant séparés d'un bureau. Mais Karan devait bien s'avouer qu'il y avait autre chose derrière cette requête. Il éprouvait de forts sentiments pour la jeune femme. Il n'arrivait pas à les identifier de façon claire. Un mélange de tendresse, d'envie de la protéger, mais aussi de passer du temps avec elle. D'en savoir plus sur sa vie en dehors de son rôle de Rêveuse. Une connexion mystique s'était immédiatement créée lors de leur rencontre et elle devenait de plus en plus forte au fur et à mesure des jours passés. Nina ressentait-elle les mêmes sentiments ? En tout cas, elle semblait gênée, assise en face de lui sur une banquette en cuir rouge, un verre de Monaco dans la main. Karan n'en menait pas large non plus. Il but une gorgée de bière pour se donner du courage et décida de briser le silence qu'il avait du mal à supporter.

— Alors… euh… Je voulais… Enfin, je me suis dit que tu n'étais pas une patiente, tu es ma Rêveuse, si je peux dire ça comme ça. Du coup, je trouvais ça dommage qu'on n'échange qu'au bureau. Et puis, ça pourrait être bien qu'on… qu'on apprenne à se connaître autrement qu'en tant que Rêveuse et Guide… Qu'en penses-tu ?

Nina avait bu la moitié de son verre d'une traite lorsqu'elle le posa pour répondre.

— Euh oui… c'est une bonne idée. Bon, on va déjà… Je veux dire, c'est un peu tendu là, ou c'est moi ?

Elle afficha un grand sourire qui se voulait rassurant. Nina n'avait pas l'air d'aimer ce genre de moment gênant. En tout cas, elle semblait ne pas en avoir l'habitude. Elle essayait avec sa sympathie de défaire cette situation. Karan rit légèrement. Il n'était donc pas le seul à ressentir cette tension.

— Effectivement, c'est stupide. Nous sommes entre amis, par vrai ? Enfin. On a un lien certain. Forcé peut-être. C'est pour ça que j'aimerais mieux te connaître.

— Je suis d'accord. Alors, go. Que veux-tu savoir ?

— Eh bien… Je ne sais pas. Des trucs bateaux. Tu ne m'as pas dit, tu travailles à l'université, c'est ça ?

Nina but une autre gorgée en acquiesçant vivement.

Le cycle des âmes

— C'est ça. Je suis professeur contractuel. Pour le moment, je ne fais qu'un semestre sur l'année. Mais je suis bien payée. Et ça me va. Je pourrais me concentrer sur autre chose le reste de l'année. Peut-être d'autres recherches sur mon domaine pour progresser dans ma carrière…

— Quel est ton domaine exactement ?

Karan buvait les paroles de sa protégée. Il espérait que son attitude n'était pas trop transparente.

— Tu vas rire… Croyances et société en sociopsychologie. C'est sans doute le destin qui m'a orientée vers cette voie.

— C'est une possibilité.

Karan sourit puis se gratta la tête. Il avait une autre question à poser à Nina, plus personnelle. Et il espérait qu'elle ne ferait pas fuir la jeune femme.

— Et d'un point de vue personnel…Tu es en couple ? Je crois que non, mais…

Il haussa légèrement les épaules sans finir sa phrase, la gêne reprenant un peu le dessus. Nina détourna le regard un instant, pesant sans doute le pour et le contre de répondre à cette interrogation. Elle sourit timidement lorsqu'elle tourna de nouveau la tête vers le psychologue.

— En fait… Je n'ai jamais été en couple. Enfin, dans la vraie vie. J'ai cru vivre l'amour avec Théodore Hodgkin. Je pense avoir ressenti ce qu'on vit quand on est amoureux et qu'on vit en couple. C'est très étrange d'ailleurs. Une partie de moi évolue avec cette sensation. Mais une autre me fait comprendre que je n'ai pas vraiment acquis cette expérience… Donc non, je suis célibataire. Avant mon aventure sur l'île, je m'en fichais. Ça ne m'intéressait pas du tout d'être en couple. Trop de problèmes. Peur de souffrir aussi peut-être. Aujourd'hui, c'est différent. Si ça se présente, je pense prendre le risque.

Karan était honteusement satisfait par cette réponse. Il sentit même ses joues rougir. Nina se confiait facilement à lui, même sur un sujet aussi sensible. Était-ce seulement dû à leur lien mystique ? Tout se mélangeait dans un brouillard d'émotions. Nina semblait interrogative. Elle devait se demander pourquoi le psychologue lui avait posé une telle question. Mais à sa surprise, la Rêveuse lui retourna sa question.

— Je… Non. Actuellement, je suis aussi célibataire. J'ai été en couple durant 8 ans. Ma première relation. J'avais 23 ans, je sortais de mon master de psycho. Elle était étudiante aussi, dans ma promo. On avait même monté un cabinet ensemble…

— Qu'est-ce qui s'est passé ? Enfin…Tu n'es pas obligé de répondre.

Pour cacher sa nouvelle gêne, Nina reprit son verre et le porta à ses lèvres. Karan baissa les yeux. Il ne voulait rien lui cacher. Et en plus, cela lui faisait du bien de vider son sac. Il n'avait pas beaucoup d'amis et tous avaient plutôt esquivé le sujet quand le couple avait rompu.

— Je crois qu'à un moment donné, on ne voulait plus la même chose. Elle n'a pas accepté que je ne parle plus à mes parents. On parlait mariage et elle ne voulait pas qu'ils y soient absents. Elle me posait sans arrêt la question de savoir pourquoi je n'avais plus vraiment de relation avec eux. Mais je ne pouvais pas lui dire. Elle n'aurait pas compris… Pas comme toi.

Il releva le regard et plongea ses yeux dans ceux de Nina. Cette dernière y tomba et reposa délicatement son verre.

Karan avait parlé trop vite. Son cœur avait révélé ce qu'il ressentait. Il observa Nina prendre une mèche de ses cheveux et se mettre à la tortiller. Le psychologue sentait les battements dans sa poitrine s'accélérer. Comment la jeune femme allait-elle réagir ? Elle posa finalement les mains sur la table en se penchant légèrement.

— Karan... C'est très étrange. Moi aussi, je... Il y a une connexion entre nous, c'est certain. Mais je ne sais pas vraiment ce que cela veut dire...

— C'est pareil pour moi.

Il déglutit et finit sa bière en une seule fois. Les choses étaient posées. Nina regarda sa montre, cherchant sans doute un moyen de couper court à la conversation.

— Je suis désolée, je dois y aller. Je ne dors pas très bien en ce moment, tu le sais. J'aimerais essayer de me reposer un peu...

Elle se leva et attrapa son sac à main.

— Mais je ne fuis pas ! J'ai juste besoin de réfléchir... Et toi aussi. C'était bien d'en parler.

Elle lui sourit et à la grande surprise de Karan, la Rêveuse vint lui déposer un baiser sur la joue. Bouche bée, le psychologue ne répondit même pas quand Nina lui souhaita une bonne nuit. Il la regarda aller au comptoir, payer les bières et s'en aller, non sans lui avoir fait un petit signe de main avant. L'homme de 32 ans se sentait sur un petit nuage. Cela n'avait aucun sens. Pourtant, il avait l'impression de l'avoir connue toute sa vie.

Le cycle des âmes

E ric Ramirez gara sa voiture dans la rue principale de la banlieue de Prescott. Il faisait jour et le soleil chauffait l'habitacle du véhicule. Ramirez était finalement arrivé plus tard que prévu et avait passé la nuit dans la chambre d'un motel un peu minable dans la zone industrielle de la ville. Il inspira profondément avant de sortir de sa voiture. Il observa un temps le jardin bien entretenu devant la petite maison que Stéphane Martin et sa nouvelle femme Cynthia avaient achetée quelques années auparavant. Puis il finit par avancer le long du chemin en pierres blanches traversant le jardin pour atterrir devant la porte d'entrée. Après une autre profonde inspiration, Eric sonna. Le cœur battant, il attendit qu'on lui ouvre. Le professeur était nerveux comme le trahissaient ses mains moites. Bien qu'il eût préparé un petit discours dans sa tête, il savait d'expérience que rien ne se passait jamais comme on l'imaginait. Finalement, la porte s'ouvrit sur une femme d'un âge proche du sien, habillée de façon classique – jean et tee-shirt blanc – et maquillée légèrement. Eric ne s'était étrangement pas préparé à ce que ce soit la femme de

Stéphane qui l'accueille. Surtout, il ne s'attendait pas à découvrir une femme qui ressemblait autant à Emily. Les mêmes cheveux longs bruns, les mêmes yeux ambrés, la même silhouette. Il en resta un instant bouche bée, laissant Cynthia perplexe.

— Oui ?

— Oh, pardon. Je suis Eric Ramirez, un ami d'université de Stéphane. Je… J'ai décidé de faire le tour du pays pour revoir mes vieux amis. Je me doute que Stéphane ne vous a jamais parlé de moi…

— Eh bien, non, répondit Cynthia, d'abord méfiante. Mais Stéphane parle très peu de son passé…

— Est-ce qu'il est là ? Il pourra vous confirmer mon identité.

— Malheureusement, il n'est pas là…

— Je peux vous montrer ma carte professionnelle, ajouta Eric en fouillant dans sa petite sacoche en bandoulière. Je suis professeur à l'université de Buade.

Il tendit la carte à la compagne de son ami, qui la prit et l'observa minutieusement. Elle passa son regard de la photo de la carte à l'homme qu'elle avait devant elle et finit par décider qu'elle pouvait lui faire confiance.

— Vous venez de Paradisia ?

— Effectivement, sourit Ramirez, rassuré que Cynthia ait clairement changé d'attitude à son égard.

— Vous avez fait un long voyage, accepteriez-vous un café, même en l'absence de Stéphane ? Vous me raconterez un peu ce qui vous amène.

— Avec plaisir ! Vous pourrez, vous, m'en dire plus sur sa vie d'aujourd'hui !

Stéphane suivit Cynthia dans la maison après cette conversation sur le perron. La maison était simple, mais décorée avec un certain goût. C'était un peu trop moderne pour Eric qui aimait les demeures traditionnelles avec du cachet. Bien qu'il vive dans un appartement, sa décoration était moins minimaliste. Mais il fallait reconnaître que l'atmosphère de ce logement était tout de même chaleureuse. L'entrée débouchait sur une lumineuse pièce à vivre, avec cuisine ouverte. Il remarqua un couloir qui devait mener au reste de la maison. Cynthia proposa à Eric de s'asseoir à la table à manger qui permettait de discuter pendant qu'elle préparait les cafés. Ramirez ne savait pas vraiment par où commencer, mais l'épouse de son ami l'aida à démarrer la conversation.

— Alors…Comment vous êtes-vous rencontrés avec Stéphane ?

— Tout bêtement, lors d'une soirée dans un bar. C'était un ami d'ami au départ. Mais nous avons très vite sympathisé. Nous étions assez proches à l'université, même si nous n'étions pas dans la même filière. Vous avait-il dit qu'il avait étudié à l'université de Buade ?

— Oui… En pharmacologie…

Cynthia apporta rapidement le café à dosettes et posa les deux tasses sur la table avant de s'asseoir en face d'Eric. Elle semblait gênée. Ou effrayée. Peut-être de découvrir des informations sur son mari qu'elle ne voulait pas savoir ?

— Est-il toujours dans le domaine ?

— Il est gérant d'une pharmacie en centre-ville.

Cynthia porta la tasse à ses lèvres et souffla sur le café chaud. Ramirez aimait le sien à température élevée, il en but une gorgée sans attendre. Il était heureux de savoir que

Stéphane n'avait pas abandonné tout ce qu'il aimait. La pharmacologie l'avait toujours passionné.

— Vous avez dit que vous étiez proches, reprit Cynthia. À quel point exactement ?

C'est alors qu'Éric hésita. Il n'avait pas prévu de se retrouver seul avec la nouvelle épouse de son ami. Il n'était pas sûr : devait-il lui révéler la vérité ? Ou esquiver la question ? Il ne savait pas mentir et il vit dans le regard de Cynthia sa curiosité, mais aussi sa propre hésitation.

— Écoutez… Je respecte mon mari et le fait qu'il ne souhaite pas parler de son passé. Cependant… J'ai besoin de savoir. Cela fait plusieurs mois que j'essaye par petite touche de le faire parler. Nous voulons adopter un enfant. Et je dois mieux le connaître. Je dois savoir avec qui je m'engage, je ne veux pas que mon enfant pâtisse de… eh bien, de je ne sais quoi.

La révélation des sentiments profonds de Cynthia ainsi que leur projet d'adopter donna la réponse à la question qu'Eric se posait. Il comprenait parfaitement cette nouvelle épouse. Il avait été père, il savait ce qu'impliquait d'avoir un enfant. Il se décida alors à tout lui raconter, tout ce qu'il avait vécu avec Stéphane, mais aussi son autre vie, Emily, Nina, le suicide d'Emily et la fuite de Stéphane. Cynthia n'aurait jamais pu imaginer tout ça. Eric vit bien qu'elle était en état de choc à la fin de son récit. Elle ne l'avait interrompu à aucun moment, mais son visage avait changé progressivement. On pouvait lire la sidération dans ses yeux, mais aussi une certaine colère. Eric ne savait pas encore vers qui elle était dirigée : lui ou Stéphane.

— Écoutez… Nina a besoin de connaître son père. Du moins, je le pense. Et Stéphane a besoin de savoir certaines choses que nous avons apprises sur sa… sur Emily et sur Nina. Je pense que même pour vous, pour fonder une famille avec lui, il serait bon qu'il rencontre sa fille… Mais je vous laisse évidemment juge de cette décision. Lui aussi, bien sûr.

Cynthia baissa les yeux. Son cerveau semblait tourner à cent à l'heure. Après quelques minutes de silence qu'Eric respecta, elle reprit la parole.

— Vous pouvez rester un peu en ville ? Je pense que vous devez voir Stéphane. Il prendra la décision qui s'impose. Vous devez vraiment le voir.

— Oui, je le pense aussi.

Ramirez fouilla de nouveau dans sa sacoche et sortit une carte de visite qu'il déposa sur la table.

— Voici mon numéro de portable. Que Stéphane m'appelle quand il voudra me voir.

Cynthia fixa la carte, visiblement ailleurs. Eric se leva, remit sa chaise en place et remercia Cynthia. La femme de Stéphane ne leva même pas les yeux sur lui. Il préféra la laisser dans ses pensées et prit la décision de partir. Il connaissait la sortie.

***

Le bruit d'un coffre de voiture qu'on ouvre sortit Nina de son sommeil. Elle crut d'abord être au fond de son lit, mais réalisa vite ce qu'elle avait devant les yeux : le corps ensanglanté d'une nouvelle jeune femme dans le coffre de la voiture de Joe. Elle avait recommencé. Mais égoïstement, Nina était heureuse de ne pas avoir été présente lors de la mort de cette pauvre créature. Joe vérifia d'un rapide coup d'œil que personne ne serait témoin de ce qu'elle faisait. Elle entoura sa victime d'une couverture en coton et referma le coffre avant de s'installer au volant. Nina essaya de se concentrer sur la route qu'empruntait la meurtrière, car il était certain qu'elle la conduisait là où Joe se débarrassait de ses victimes. Mais l'état d'esprit de Joe interférait sur la concentration de Nina. La jeune femme n'était plus aussi satisfaite par la mort qu'elle venait de donner. Elle était dans une colère noire : son père venait de mourir et au lieu de s'apitoyer sur son sort, elle devait évacuer cette rage qui la rongeait. Tuer cette diablesse lui avait procuré un léger soulagement, mais Joe en voulait plus. Elle ne parvenait pas autrement à se défaire de cette fureur qui avait envahi tout son être. Pour l'instant, Nina ne percevait aucune once de culpabilité et cela l'inquiétait beaucoup. Où allait s'arrêter cette folie ? La Rêveuse se reconcentra sur la route. Joe quitta rapidement Paradisia pour s'approcher d'un coin boisé, en dehors de la ville. Elle prit un chemin de terre qui s'enfonçait dans la forêt avant de s'arrêter devant un bâtiment abandonné. Bien que Nina ait grandi et toujours vécu à Paradisia, elle ne connaissait pas du tout l'endroit où Joe l'avait conduite. Une inscription à moitié effacée sur le bâtiment lui permit de comprendre ce qu'elle avait devant les yeux : Paradisia Abattoir. Nina en était horrifiée.

Joe éteignit la voiture et ses phares, descendit du véhicule et s'approcha de nouveau du coffre. Elle l'ouvrit et attrapa le corps, toujours emballé dans la couverture. Joe ne se faisait plus avoir par le poids de sa victime. Lors de son premier meurtre, elle n'avait eu aucun mal à porter le cadavre, ce qui n'avait pas été le cas pour le second. La victime était alors bien plus pulpeuse et son corps en refroidissant avait semblé plus lourd qu'un rocher. Joe s'était repris à bien des fois pour réussir à la sortir du coffre et à l'emmener jusqu'à l'abattoir. Pour les suivantes, Joe s'était concentrée sur des femmes qui, certes, lui faisaient ressentir ce maléfice qu'elle voulait combattre, mais aussi qui ne lui abîmerait pas le dos. Joe n'était pas très musclée, elle ne faisait jamais de sport, mais elle possédait une force suffisante, en tout cas quand elle sélectionnait bien ses victimes. La tueuse en série mit le corps sur son épaule et avança prudemment dans la boue pour ne pas glisser. La porte qui permettait d'entrer dans l'abattoir avait précédemment été bloquée par deux planches en bois, elles gisaient à présent sur le sol. Joe entra dans le bâtiment comme dans son propre appartement. Elle déambula dans plusieurs salles à l'infrastructure métallique serpentant sur le plafond, assortie de crochets coulissants et mécaniques pour déplacer la viande. Elle savait parfaitement où elle allait. Nina découvrit dans les pensées de Joe que cet abattoir avait aussi servi à la transformation de la viande. On apercevait des outils, des machines, mais aussi des tabliers et des gants, abandonnés çà et là. De ce que Joe savait, l'abattoir avait rapidement fermé après sa mise en service, car les installations n'étaient pas aux normes. L'entreprise n'avait pas les moyens de faire les transformations, le patron ayant déjà commencé à piquer dans la caisse. L'affaire fit faillite et la ville de Paradisia acheta le bâtiment aux enchères. Il avait ensuite été question de se débarrasser des machines, de transformer le lieu en bureaux et de le revendre. Mais avec la valse des membres du conseil municipal, le projet avait dû être oublié. Ce qui faisait bien les affaires de Joe. Surtout que ces idiots payaient toujours l'électricité. La jeune femme finit par s'arrêter dans une petite pièce aux murs de carrelage bleu. Elle déposa enfin le corps de sa dernière victime.

L'abattoir était assez spacieux et le traverser avec un poids mort sur l'épaule était physique. Joe étira son bras et fit rouler son épaule pour la détendre. Puis, minutieusement, elle retira les bijoux et vêtements de la pauvre fille qui gisait sur un plan de travail en ferraille. Joe ne mettait aucune émotion à ce qu'elle faisait, Nina ne ressentait rien que le néant. Ses gestes étaient devenus mécaniques. Une fois son œuvre terminée, Joe fit glisser le corps sur le plan de travail jusqu'à une énorme machine qui ressemblait à un broyeur à déchets. Quand Joe l'actionna, Nina comprit à quoi elle allait servir et cette pensée lui donna la nausée. Joe prit le corps de sa victime et le plongea, tête la première, dans le broyeur. Nina ferma immédiatement les yeux, mais ses oreilles continuèrent un instant à entendre le son atroce des os qui se broient.

***

Albert se redressa brusquement sur le fauteuil qui faisait face à la baie vitrée de son appartement. Il mit un certain temps à retrouver son souffle, ce qui ne lui était pas arrivé après une vision depuis bien des années. Il plongea son regard dans la nuit de la ville et entreprit son rituel de respiration, celui qui servait d'ordinaire à calmer son anxiété, dont il souffrait depuis petit. Il ferma les yeux, inspira profondément, les mains sur son ventre, et se concentra à le sentir gonfler et se creuser, afin de calmer son cœur et de reprendre ses esprits.

Jamais Albert n'avait vécu une vision dans le corps d'un mort. Ou plutôt ici d'une morte. C'était étrange et plutôt dérangeant comme expérience. Le Rêveur s'en serait bien passé. Il était bien seul dans le corps de cette jeune femme. Il avait cependant encore senti des résidus de l'énergie de la victime. Sa mort brutale avait empêché la jeune femme d'atteindre complètement le bain cosmique. Albert frissonna en se remémorant la fin tragique du corps, réduit en bouillie par cette affreuse machine dans l'abattoir abandonné. Cette femme, la meurtrière, était visiblement bien rodée et avait rapidement trouvé le moyen de se débarrasser des cadavres. Il ne savait pas encore ce que la tueuse faisait de la bouillie de corps, mais ce n'était pas l'information qu'il recherchait. De ses yeux, il avait pu voir la meurtrière enlever soigneusement chaque objet porté par sa victime, bijoux compris. Albert n'avait pas pu voir où elle déposait ces objets, mais ce qui était sûr, c'est qu'il aurait la réponse en trouvant cet abattoir. Il allait devoir effectuer quelques recherches, car il était étrange que la tueuse ne se soit jamais fait prendre dans cet endroit qui semblait oublié de tous. S'il ne trouvait pas le bracelet de Virgine Cavanagh sur place, il la trouverait sûrement elle. Les énergies des défunts restent généralement sur les lieux où repose leur corps. Ou ce qu'il en reste.

Il avait une autre raison de se rendre dans cet abattoir. À tous les coups, ELLE serait aussi sur place. Il avait encore senti son énergie dans le corps de la meurtrière. Albert était persuadé qu'il s'agissait d'une autre Rêveuse. Il n'avait jamais entendu dire que deux âmes pouvaient évoluer dans un même corps sans que l'une d'elles soit celle d'une Rêveuse. Cela devait être traumatisant pour elle de vivre les meurtres de ces femmes. Albert ne savait pas s'il avait affaire à quelqu'un d'expérimenté, mais il en doutait. Une

Rêveuse chevronnée aurait immédiatement senti sa présence à lui. Il se leva et se dirigea vers la cuisine pour boire un verre d'eau. Même s'il souhaitait voir physiquement cette Rêveuse, il devait se rendre sur les lieux avant elle, au risque qu'elle trouve l'objet de sa recherche avant qu'il puisse mettre la main dessus. Il devait faire vite pour retrouver le lieu. Il se demanda alors ce qu'elle cherchait, elle. Était-elle une concurrente directe ? Comment utilisait-elle le Don ? Pour savoir cela, il fallait la rencontrer. Ce qui était certain, c'est que les Cavanagh n'avaient pas engagé quelqu'un d'autre pour retrouver le bracelet de leur cousine. Donc peu importait les motivations de la jeune femme, elles ne se confronteraient pas aux siennes. Rassuré et respirant à présent normalement, Albert s'assit directement devant son ordinateur. Il était certain de ne pas parvenir à dormir maintenant. Il commença alors ses recherches sur Internet. Il trouva quelques informations sur pourquoi l'abattoir avait été laissé à l'abandon, mais aucune idée de sa localisation. Il était même signalé que depuis 2010, toute trace d'une adresse avait disparu des cartes et d'Internet à cause de problèmes liés à l'urbex. Albert décida alors d'appeler un professeur qu'il connaissait bien, spécialisé dans l'urbanisme de Paradisia, qui était comme lui, un insomniaque. Un virement de 1 000 francs plus tard, il eut sa réponse et décida de s'y rendre aux premières lueurs de l'aube.

CHAPITRE 11

égis n'était pas très bien luné ce matin-là. D'abord, il s'était pris la tête avec sa femme dès le petit-déjeuner. Ensuite, son patron lui avait remonté les bretelles pour ne pas avoir fait son chiffre de la semaine. Et enfin, il prenait dans son taxi cette petite dame un peu bizarre qui n'arrêtait pas de tripoter sa mèche de cheveux. Elle gigotait constamment pour voir la route et tournait régulièrement la tête pour observer les alentours. Elle n'avait pas donné à Régis d'adresse précise ou de lieu clair. La plupart des gens lui donnaient au moins le nom d'une rue. Mais pas cette dame. Elle lui donnait au fur et à mesure de la route des indications plus ou moins précises, tournez là, avancez jusqu'à là… Un drôle de phénomène, cette bonne femme. Parfois, elle fermait même les yeux quelques secondes puis lui indiquait une nouvelle direction. C'était peut-être une sorte de médium, même si Régis n'était pas sûr d'y croire. Il finit par prendre la sortie Est de la ville et au bout de quelques kilomètres, la petite dame le fit tourner sur un chemin de terre. Régis grimaça, la pluie de la veille avait rendu le sol boueux et il ne savait pas jusqu'où il pourrait avancer sans se retrouver embourbé.

— Vous êtes sûre ? questionna Régis en observant la jeune femme dans son rétroviseur.

— Absolument.

Régis soupira et mit une vitesse. Il avançait lentement. Ses roues s'enfonçaient légèrement, mais pas de quoi s'arrêter. Au bout d'environ un kilomètre, Régis n'eut plus le choix. Une flaque énorme de boue en plein milieu du chemin l'inquiétait. Il ne voulait pas prendre de risque pour cette drôle de nana. Sa voiture était plus précieuse que son éthique professionnelle.

— Je suis désolé, ma p'tite dame, mais je peux pas vous emmener plus loin.

La jeune femme regarda devant elle et fit la moue. Régis crut qu'elle n'allait pas accepter et piquer une crise.

— Ça ira, merci.

Bien qu'étonné, Régis ne montra rien et lui demanda la somme qui lui était due. Il allait galérer pour repartir, ne pouvant pas opérer de demi-tour. Tout en marche arrière. Avant de partir, il observa la petite dame remettre son sac à dos et marcher droit devant elle. Elle évita autant que possible la flaque de boue et disparut du champ de vision de Régis après un léger virage ombragé. Drôle de fille.

***

Nina avança prudemment sur le chemin en s'enfonçant à petits pas dans le bois. Le chauffeur de taxi ne l'avait pas arrêtée trop loin, du moins le croyait-elle. Même si son rêve datait seulement de la nuit dernière, le trajet menant à l'abattoir restait un peu confus. Elle aurait préféré le revoir clairement plutôt que d'être focalisée sur l'horreur de ce qu'était devenu le corps de ces pauvres jeunes femmes. Nina n'aurait jamais cru lors de ses premiers rêves sur Joe qu'elle serait capable de telles abominations. Elle en était malade. Au sens propre comme au figuré. Elle ne parvenait plus à se nourrir correctement, avait le teint maladif et sentait ses forces diminuer. Pendant son trajet, elle tenta de se concentrer sur sa respiration et sur d'autres images, plus…romantiques. Nina revoyait le visage souriant de Karan Sharma quand elle lui avait dit qu'elle aussi ressentait quelque chose. Les émotions confuses envers son Guide ajoutées aux sentiments, non moins confus, de Joe, se mêlaient intrinsèquement, au point de mettre le cerveau de la Rêveuse en bouillie. La jeune femme progressa tant bien que mal puis s'arrêta brusquement. Elle sentait quelque chose. Elle ne devait plus être très loin. Elle avança encore quelques mètres et remarqua le haut d'un bâtiment à sa droite envahi par la nature qui reprenait ses droits. Elle se fraya un chemin parmi les hautes herbes et observa un instant la bâtisse devant elle. Bien que des morceaux de la toiture s'étaient écroulés et que l'inscription donnant le nom de l'endroit ne représentait plus que quelques taches rouges de peinture écaillée, Nina reconnut très bien l'abattoir abandonné où Joe l'avait emmenée la nuit précédente. La jeune femme se trouvait devant un énorme bâtiment rectangulaire aux murs de briques. Les quelques fenêtres de la structure étaient soit cassées, soit barricadées par des planches de bois. Nina fit le tour de l'édifice et trouva une première entrée, cloîtrée par une épaisse latte, du même genre que celles des fenêtres. Impossible pour les petits bras de Nina, et sans outils, de déloger cette porte de fortune.

Elle poursuivit son tour du bâtiment et trouva une autre entrée, bien plus spacieuse, qui devait servir à accueillir le bétail. Celle-ci était bien trop grande pour être fermée en dur. Un simple ruban rouge et blanc clôturait cet espace. Nina le tira d'une main et passa par-dessous. Elle traversa cette partie du lieu et entra, à proprement dit, dans l'abattoir. La Rêveuse n'était pas rentrée par la même porte que Joe et il lui fallut naviguer un moment avant de retrouver la pièce du broyeur. Elle traversa plusieurs chambres froides, des vestiaires et toilettes pour les employés, des salles immenses avec des structures de métal au plafond et des machines qu'elle ne connaissait pas réparties un peu partout. Sa gorge se serra en voyant finalement devant elle le broyeur dans lequel tant de corps avaient disparu. Elle entra et fit le tour de la pièce en essayant de faire abstraction des images de son dernier rêve qui l'assaillaient. Elle devait se concentrer pour trouver les victimes, pour les sentir, pour ressentir leur énergie, coincée dans ce monde par leur disparition brutale. Si elles n'étaient pas dans ce lieu, Nina espérait provoquer une vision qui lui révélerait ce que Joe avait fait du reste des victimes. La Rêveuse se promena dans la pièce en réalisant un exercice de respiration, les yeux fermés. L'endroit était suffisamment écarté de la ville pour avoir un avantage certain à la concentration de Nina : le silence. Rapidement, une sensation spéciale l'envahit. La tête se mit à lui tourner et des images commencèrent à apparaître. Elle ne sentit pas ses jambes se dérober sous elle, déjà partie dans un autre espace-temps.

***

Le cycle des âmes

Lorsqu'Albert descendit de son SUV aussi près de l'abattoir que possible, il comprit qu'il arrivait trop tard. Les traces de pas qui faisaient le tour du bâtiment ne pouvaient être que celles de la Rêveuse. Il grimaça et attendit quelques minutes. Personne ne vint voir d'où provenait le bruit du moteur qui avait résonné dans la forêt. Albert s'en interrogea et décida d'entrer prudemment dans l'abattoir. Il suivit les traces de pas jusqu'à une espèce de cour carrée sous un pan de toit, servant sans doute à l'arrivage des animaux. Il enjamba le pauvre ruban qui était censé interdire l'accès et poursuivit son exploration. L'endroit comportait un certain nombre de salles et Albert devait faire attention à ne pas révéler sa présence. Au bout de quelques minutes à errer de pièce en pièce, il adopta une autre tactique. Il ferma les yeux et isola dans son esprit l'énergie de la Rêveuse qu'il avait sentie dans leurs deux rêves communs. Une fois cette énergie ciblée, Albert ouvrit les yeux et suivit son Don le mener directement à l'endroit qu'il cherchait. En entrant dans la pièce, ses yeux se posèrent sur un corps allongé dans la poussière du bâtiment abandonné. Albert marqua d'abord un arrêt puis s'approcha lentement. L'énergie qui se dégageait de cette inconnue était bien celle qu'Albert avait suivie et elle était forte. L'inconnue n'en était pas totalement une. Albert avait une maîtrise accrue du Don depuis plusieurs années maintenant et à coup sûr, il aurait pu aider cette Rêveuse. Cela faisait bien longtemps que l'homme ne s'était pas retrouvé à terre à cause d'une vision. Il observa la jeune femme avec une certaine tendresse. Elle ne savait pas encore qu'il existait, mais de son côté, Albert ressentait une véritable connexion. Ce n'était pourtant pas dans les habitudes de l'homme. Il n'avait jamais réussi à se

139

lier intimement avec une personne, à connecter son énergie à celle d'une autre. Mais en regardant cette Rêveuse, c'était différent. Elle lui rappelait ses années d'errance, à essayer de comprendre ce qui lui arrivait, puis à apprendre à vivre avec ce don. La pauvre devait être aussi perdue qu'il le fût. Ce qu'il voyait lui confirmait qu'elle et lui n'étaient pas au même niveau. Il fut quelque part rassuré qu'elle ne soit pas une rivale. Ne pouvant pas la laisser ainsi, il avisa un tabouret près d'un mur de la salle carrelée et prit doucement la jeune femme dans ses bras. Elle n'eut aucune réaction, contrairement à lui dont le corps tout entier frissonna. L'émotion qu'il ressentit en la touchant le surprit bien plus que l'immobilité de la Rêveuse. Il l'assit ensuite aussi confortablement que possible sur le tabouret et posa doucement sa tête contre le mur. Ce n'était pas idéal, mais au moins, elle ne traînait plus comme une loque dans la poussière.

Après ce geste altruiste, Albert se força à se souvenir du véritable objectif de sa venue : retrouver ce satané bracelet pour pouvoir se concentrer sur autre chose. Albert ferma de nouveau les yeux. Il devait à présent retrouver l'énergie de Virginie Cavanagh en repassant dans son esprit ce qu'il avait vécu avec elle et lors de son meurtre. Pour la première fois, Albert eut du mal à se concentrer sur l'énergie qu'il cherchait. Celle de la Rêveuse lui polluait tellement l'esprit qu'il ne semblait plus y avoir de place pour une autre, Albert soupira et tenta de nouveau de faire le tri. Bien que l'énergie de sa comparse restait présente, il parvint enfin à sentir une petite partie de celle de Virginie. Et elle ne se situait pas dans cette pièce. Il sortit dans le couloir et suivit les effluves jusqu'à une petite salle qu'Albert devina être une ancienne chambre froide grâce à sa porte spécifique. Il passa la main sur un premier mur avec douceur et s'arrêta finalement sur une brique en bas du mur. À genoux, il sortit un couteau de sa poche de jean et gratta les contours de la brique. Elle était décelée. En grattant plus, il parvint à la sortir et trouva derrière une petite boîte en fer. Il la retira et l'ouvrit immédiatement. C'était comme s'il avait trouvé la recette d'un braquage de bijouterie là-dedans : des bagues, des colliers, des montres, des bracelets et même des épingles et chouchous à cheveux. En fouillant, il remarqua un bracelet bien plus précieux que tout le reste : un Tiffany Victoria en platine 950 millièmes et diamants avec un fermoir en diamants taille marquise, pour un total de 8,45 carats.

Le cycle des âmes

CHAPITRE 12

uand Nina Stinkins ouvrit les yeux, elle savait qu'elle avait réussi à provoquer sa vision. Elle se trouvait à nouveau dans l'abattoir abandonné, devant un corps glissé sur le plan de travail. Mais lors des premières secondes, elle crut n'avoir réussi qu'à répéter son dernier rêve. Elle avait déjà vécu cette scène où Joe dépouillait sa victime avant de la jeter au broyeur. Cette fois cependant, ses gestes étaient beaucoup plus nerveux. Au lieu de délicatement ôter chaque vêtement du corps de sa victime comme elle en avait l'habitude, elle les arrachait avec une rage que Nina n'avait jamais sentie en Joe. La Rêveuse avait certes discerné une certaine escalade dans les sentiments de la jeune femme, mais elle avait espéré qu'elle prendrait fin avec la mort de son père. Une fois le corps dépouillé, Nina s'attendait à récupérer le cadavre pour le mettre dans le broyeur. Elle en avait déjà l'estomac au bord des lèvres. Mais au lieu de ça, Joe se tourna vers un crochet sur le mur où pendait toujours un énorme couteau de boucher. Il devait être élimé depuis le temps, mais Joe s'en fichait bien. Nina n'eut pas le temps d'anticiper le geste que Joe asséna le coup sur le bras droit de sa victime. Les jointures de sa main contenant le couteau devinrent blanches. Sa poigne était forte et son geste incontrôlé. Elle s'acharna de plus en plus fort jusqu'à ce que le bras se sépare du reste du corps. Nina se demandait si elle pourrait supporter longtemps ce genre de scène. Pour ne pas tourner de l'œil et interrompre son rêve, elle décida de se concentrer sur les sentiments de Joe et les raisons qui la poussaient cette fois-ci à tant d'acharnement. Joe était dans une fureur que Nina n'avait jamais elle-même ressentie. D'où venait cette rage ? En creusant, la Rêveuse découvrit que cette journée-là avait été celle où Joe avait fait ses adieux à son père, définitivement. La semaine avait éprouvé ses nerfs jusqu'au point de rupture. La préparation de la cérémonie funéraire avec sa mère avait poussé Joe dans ses retranchements, rien n'avait été comme elle l'aurait voulu, sa mère n'écoutant rien de ses envies. Ce n'était pas que le mari de Claude Miller, c'était aussi son père et Joe estimait avoir son mot à dire. Sa mère semblait toujours vouloir son avis, mais quand la jeune femme disait blanc, sa mère décidait finalement noir. Pour finir, aucune proposition de Joe n'avait été retenue. Lors de la cérémonie, le comportement de sa mère avait fini par la dégoûter. Joséphine l'avait regardée se comporter en diva soi-disant vaincue par le deuil. Elle était au centre de l'attention et c'est toujours ce qu'elle avait préféré. Cet égoïsme jusque dans la mort de son mari la rendait encore plus détestable. Claude Miller avait toujours fait ressentir à sa fille qu'elle était de trop. Aucune once de maternité n'avait émané d'elle. Et encore ce jour-là, Joe avait dû vivre son deuil seule.

Le cycle des âmes

La nef de l'église était presque exclusivement remplie d'amies de sa mère ou même de simples connaissances. Les amis de son père pouvaient être comptés sur les doigts d'une main, ils avaient eu droit à un banc au fond de l'église. Quant à ceux venus pour soutenir Joe, ils étaient peu nombreux et avaient passé la cérémonie debout.

Nina fut propulsée brusquement hors des pensées de Joe en sentant quelque chose de visqueux atterrir sur son visage. La belle blonde massacrait la pauvre dépouille de ce qui fut, encore quelques heures plus tôt, une belle jeune femme. La vision de ce corps en charpie donnait des sueurs froides à Nina. Quand Joe allait-elle en avoir assez ? La Rêveuse se déconnecta de nouveau de ce qu'elle voyait pour en apprendre encore un peu plus. Après la cérémonie à l'église, la mère de Joe avait accueilli ses amies et leurs conjoints dans ce qui avait été la demeure familiale. Entrer de nouveau dans cette maison sans la présence de son père la bouleversait encore, même plusieurs jours après sa mort. Tout le monde l'avait quasiment ignorée. Elle avait fini par prendre une bouteille de vodka dans le bar du salon et par se tirer. Plus rien désormais ne l'attendait dans cette maison. Elle était rentrée chez elle et avait débiné la bouteille jusqu'à ce qu'elle soit vide. Elle s'était effondrée sur son canapé comme une loque pour plusieurs heures. Quand elle avait de nouveau ouvert les yeux, la nuit était tombée. Encore grisée par les effets de l'alcool, Joe décida de partir en chasse. Rien d'autre ne pourrait vraiment la satisfaire. Elle traîna dans un bar repéré quelques jours plus tôt en roulant dans les rues de Paradisia et sélectionna vite sa proie. Elle n'avait jamais encore fait ça sous l'emprise de l'alcool et elle laissa un temps son désir prendre le dessus sur son dégoût, au point de poser ses lèvres sur celles de sa future victime et de passer ses mains dans son décolleté. Mais très vite, ses gestes lui parurent dictés par le Diable. Dans sa voiture, pendant que l'autre lui embrassait le cou, Joe récupéra son couteau sous son siège et asséna le premier coup dans son dos. La jeune femme se redressa, sous le choc, et Joe put donner les coups suivants en la regardant droit dans les yeux. Cependant, cette fois-ci, voir la mort prendre possession du regard de l'autre ne lui avait pas suffi. D'où l'acharnement qu'elle prenait actuellement à transformer sa victime en un tas de viande informe.

Essoufflée, Joe finit par suspendre son geste et lâcha le couteau qui résonna sur le sol carrelé. Son cœur battait à tout rompre et elle se sentit soudain étouffer. Une certaine culpabilité commençait à poindre en elle. Comme si ces gestes inédits lui avaient montré la vérité. Elle était allée trop loin. Et elle ne pourrait pas revenir en arrière. Elle actionna le broyeur d'un geste tremblant, jeta le tas de viande à l'intérieur avant de prendre la boîte où elle entreposait ses trésors. Par habitude, elle alla dans l'autre pièce pour la ranger dans sa cachette puis s'écroula contre un mur. Elle n'arrivait pas à reprendre son souffle et sa culpabilité augmentait en vague. Elle crut un instant faire une crise cardiaque quand elle sentit comme un coup de couteau dans son cœur, ces mêmes coups qu'elle donnait à ses victimes. Tout ce manège devait cesser, Joe le voyait clairement à présent. Alors qu'elle pensait combattre le Mal qui essayait de prendre possession de son être, elle était devenue bien pire encore. Son père pouvait tout voir désormais de là-haut et elle savait qu'elle ne pourrait jamais le rejoindre auprès de Dieu avec ce qu'elle avait fait.

Soudain, limpide comme de l'eau de roche, la solution à son problème apparut dans son esprit. Il ne restait plus que ça. Il n'y avait pas meilleure issue.

***

Alors qu'elle s'apprêtait à savoir ce que Joséphine Miller avait en tête, Nina Stinkins fut brusquement projetée de nouveau dans son corps. Pourquoi ?! Elle cligna plusieurs fois des yeux pour s'ancrer de nouveau dans la réalité et se redressa en grimaçant. Le dos endolori, elle s'étonna d'être sur une chaise, contre le mur. Elle ne se rappelait vraiment pas s'être assise avant de sombrer dans son rêve. Peut-être désormais, son corps anticipait-il pour éviter les nombreuses chutes qu'elle avait pu déjà vivre à Hodgkin Island. Nina se leva et s'étira. L'engourdissement de son corps lui indiquait qu'elle avait passé plusieurs heures dans la même position, et ce même si elle n'avait incarné Joe qu'une petite heure dans son rêve. La Rêveuse fit la moue. Encore une fois, sa vision ne lui avait pas permis de trouver où les corps, une fois réduits en chair à saucisse, se trouvaient. En revanche, il n'avait pas été vain. Nina sortit de la salle et se retrouva à nouveau dans un couloir. Elle se concentra alors sur l'énergie de Joe pour trouver la boîte de souvenirs. La piste énergétique était faible, mais elle finit par retrouver la salle à travers ce labyrinthe semblant toujours sentir la mort et le sang. Elle fit le tour de la pièce en scrutant les murs de briques. Elle posa ses mains sur ses hanches devant le mur à sa droite. Dans son souvenir, la brique descellée se situait sur le bas de ce mur. En fouillant du regard, ses yeux s'arrêtèrent sur une brique dont les joints avaient été grattés. Nina se pencha et n'eut aucun mal à la retirer, la brique étant même déjà légèrement en retrait. Joe n'avait sûrement pas remis la brique correctement lors de son dernier passage. La Rêveuse récupéra la petite boîte en ferraille grise et l'ouvrit presque comme une relique. La jeune femme fut surprise du nombre de bijoux et d'accessoires pour cheveux qu'elle trouva à l'intérieur. Des bracelets et des bagues principalement, deux montres, des chouchous et quelques barrettes à cheveux. En observant ces trouvailles, Nina s'interrogea sur un détail qu'elle ne semblait pas avoir vu dans ses rêves : que faisait Joe des vêtements des victimes une fois qu'elle les avait retirés des corps ? Peut-être la réponse lui apparaîtrait-elle plus tard. La jeune femme décida de garder les souvenirs. Non seulement ils pourraient sûrement l'aider à retrouver les victimes, mais ils seraient aussi un objet de deuil pour les familles quand elles connaîtront enfin la vérité. C'est ce que Nina espérait en tout cas.

La jeune femme se demanda depuis combien de temps elle était dans cet abattoir. Elle voulut regarder l'heure sur son portable, mais il n'avait plus de batterie. Elle était pourtant persuadée de l'avoir chargé à fond la nuit précédente. Elle le remit dans son sac et se décida à sortir du bâtiment, sa torche toujours allumée dans la main. L'endroit lui avait révélé tout ce qu'il pouvait, du moins Nina le croyait-elle. Elle n'y ressentait plus rien ce jour-là. Elle se dépêcha de faire le chemin inverse pour sortir du bâtiment. Lorsqu'elle constata que la nuit était tombée, la jeune femme n'y crût pas immédiatement : elle avait passé la journée à l'abattoir. De plus, sans son portable, elle s'inquiétait de ne pas pouvoir appeler de nouveau un taxi pour rentrer chez elle. Peut-être qu'elle trouverait un véhicule qui pourrait la reconduire, mais pour ça, il fallait déjà atteindre la route. Elle allait devoir retrouver le chemin de terre et marchait dans la boue jusqu'à ce qu'elle retrouve la civilisation. Heureusement, pour contrer son malheur, la lune était pleine et les piles de sa lampe de poche, emportée au cas où, étaient neuves. Elle suivit ses pas dans la terre pour revenir à la porte d'entrée de l'abattoir. De là, son souvenir du chemin serait plus vivace. Il lui semblait que d'autres empreintes s'enfonçaient sur le chemin, mais elle n'y prêta pas plus d'attention que cela. La nuit, les paysages semblent différents, plus grands, plus effrayants, un tout autre décor que la journée semble narguer la personne qui l'observe. Nina essaya de retrouver les hautes herbes qu'elle avait écrasées en quittant le chemin pour s'enfoncer vers le bâtiment. En vain. Malgré la lune, elle ne voyait pas le chemin boueux de là où elle se trouvait, mais elle devait néanmoins avancer dans l'une ou l'autre des directions. La jeune femme se décida enfin et prit celle qui lui paraissait la plus plausible. Elle avança plusieurs minutes en levant haut les pieds afin de se frayer un passage dans la végétation entourant l'abattoir. Elle devait se l'avouer, elle n'était pas sereine. Pourtant, cette solitude en plein milieu de la nuit ne lui était pas inconnue. Elle en avait passé plusieurs des nuits seule dans un lieu bien plus effrayant que cette forêt. Cela n'était pas la première fois que ses rêves l'amenaient à côtoyer l'isolement. Après quelques détours hasardeux, Nina eut la chance de retomber sur le chemin de terre qui la reliait à la route. La jeune femme n'était pas sûre du sens qu'elle devait prendre et décida d'écouter son instinct à défaut d'avoir une carte. Ses chaussures s'enfonçaient dans la boue et elle manqua à plusieurs reprises de se retrouver la tête la première dedans.

Progressivement, même si elle ne voyait pas le bout du sentier, elle réussit à calmer les battements de son cœur. Le cri d'un coucou résonnait à intervalles réguliers, le temps était humide, mais tempéré, l'odeur de l'humus prenait au nez. Nina commençait même à ressentir une certaine quiétude qui lui rappelait les bons moments de sa vie sur Hodgkin Island dans les années 30. Là-bas, Nina et Théodore avaient passé plusieurs nuits dans le jardin, installés sur une couverture, à regarder les étoiles et à imaginer qu'il y avait d'autres vies dans l'univers. Au souvenir de Théodore, un large sourire apparut sur le visage de Nina. Il lui manquait. C'était le seul homme de sa vie à lui avoir provoqué autant d'émotions, qui la comprenait vraiment... Nina secoua la tête tout en continuant à marcher. Elle croyait encore avoir vécu toute une vie avec Théodore, mais ce n'était pas elle, c'était Sarah Parker. La Rêveuse aurait aimé pouvoir la rencontrer, d'une façon ou d'une autre, pour parler de lui avec quelqu'un qui le connaissait vraiment. Elle ne pouvait le faire avec personne d'autre, personne qui comprendrait l'état de son âme. Il n'en fallait pas plus pour que les pensées de Nina se détournent sur un autre homme. À nouveau, elle pensa à son Guide. Elle avait l'impression qu'ils se connaissaient depuis bien longtemps. Leur rencontre avait provoqué en elle des palpitations. Était-ce la simple connexion d'un Guide à sa Rêveuse ? Elle ne savait pas grand-chose de la vie actuelle du psychologue, mais cela ne voulait pas dire qu'elle ne le connaissait pas intimement. Il ne devait pas parler de son passé à grand monde et Nina savait qu'il

Le cycle des âmes

l'avait refoulé une grande partie de sa vie d'adulte. Il fallait bien avouer aussi qu'il avait un sacré charisme. La jeune femme aperçut soudain une vague lueur, droit devant elle, entre les arbres, et décida de la suivre. En poursuivant sa marche, elle reprit le cours de sa pensée en grimaçant. L'amour n'avait jamais été une priorité pour Nina et encore moins quelque chose qui l'attirait. Mais il fallait avouer que son expérience avec Théodore avait rebattu les cartes. Dans la réalité, c'était une chose nouvelle pour elle. N'aimerait-elle pas vivre une belle histoire d'amour aussi forte que celle de Sarah et Théodore ? Un an auparavant, elle n'en aurait eu cure. Aujourd'hui, c'était une autre affaire.

Enfin, Nina s'arrêta sous un lampadaire au bord de la route. Comme elle s'y attendait, aucune voiture ne se voyait ou même ne s'entendait aux alentours. Elle s'apprêtait à faire encore plusieurs kilomètres à pied dans le froid et dans la nuit quand finalement, un moteur vrombit au loin dans son dos. Elle se retourna brusquement et découvrit une voiture passer le virage. La jeune femme n'était pas du genre à sauter sur un inconnu, au contraire faire du stop l'avait toujours rendue nerveuse. Elle n'avait pas eu à en faire beaucoup, mais le peu de son expérience n'avait pas été agréable. Seulement cette fois-ci, elle n'avait pas vraiment le choix. Nina s'avança au milieu de la route et commença à agiter les bras, en espérant que la voiture s'arrête. Le pire serait qu'elle tombe sur un vrai tueur en série.

La jeune femme ne discernait pas encore la marque de l'automobile, mais elle savait qu'elle était hors de prix vu sa coupe. La voiture d'un gris foncé métallisé approcha à une allure qui fit battre le cœur de la jeune femme, mais elle constata avec soulagement que le véhicule ralentit sur quelques centaines de mètres avant de s'arrêter sur le bas-côté de la route. Nina courut dans sa direction et le conducteur, qu'elle ne voyait pas encore, ouvrit la portière passagère. Avant de se dégonfler, Nina pénétra dans la voiture et s'installa au fond de son siège en cuir.

— Bonsoir… Merci de vous être arrêté.

— Je vous en prie.

Nina boucla sa ceinture et tourna son regard vers son sauveur à la voix suave. Il était grand, brun. Sa musculature transparaissait sous sa chemise noire. Il lui sourit, positionna le levier de vitesse sur 1 et appuya sur l'accélérateur pour repartir. Le moteur de la voiture rugit.

— Vous allez où ? demanda-t-il en regardant la route.

— Paradisia. Avenue Sigmund Freud. Mais vous pouvez me déposer quelque part d'autre… Je prendrai un taxi.

— C'est ridicule. Je vous emmène Avenue Sigmund Freud.

Le ton de l'homme n'ouvrait pas aux contredits. Il dégageait une confiance en lui que Nina avait rarement pu observer chez quelqu'un. Elle s'était toujours considérée comme sûre d'elle, mais ce n'était rien en comparaison de son chauffeur temporaire. Quelque chose d'autre la perturbait cependant. Une sensation de déjà-vu. Comme si elle connaissait cet homme. Non… Pas lui. Son énergie. Elle décida de tenter la question.

— Nous… On ne se serait pas déjà rencontré par hasard ?

L'homme sourit légèrement et sembla réfléchir à la question en changeant de vitesse.

— Non, je ne pense pas.

Le cycle des âmes

Encore une fois, sa façon de répondre n'ouvrait pas à plus de discussion, aussi Nina s'enfonça-t-elle dans son siège et fixa son regard sur la route qui défilait devant elle. Cette sensation pourtant ne la quitta pas de tout le trajet. Dans le silence troublé seulement par le bruit du moteur, la jeune femme ne se sentait pourtant pas mal à l'aise, mais étrangement curieuse. Ce qui se dégageait de cet homme l'intriguait. Jamais elle n'avait ressenti une énergie aussi puissante. D'ordinaire, quand il s'agissait d'un être en vie, Nina devait se concentrer un minimum pour sentir son aura. L'énergie d'une personne ne lui sautait pas dessus comme ça. Les âmes qui la contactaient étaient davantage celles de défunts et le premier contact se faisait toujours dans ses rêves. Mais aujourd'hui, celle de cet homme la frappait en plein visage. Quand Nina lui jetait des coups d'œil en biais, il lui semblait que l'homme était aussi perturbé qu'elle par leur proximité. C'était impossible que cela soit pour la même raison en revanche. Finalement, la voiture s'arrêta à l'entrée de l'avenue Sigmund Freud. La nuit était bien noire quand Nina sortit du véhicule. La porte ouverte, elle se pencha pour voir une dernière fois son sauveur. Il ne lui avait rien demandé, ni qui elle était ni ce qu'elle faisait sur le bord de cette route déserte en plein milieu de la nuit.

— Merci beaucoup pour le trajet.

— Avec plaisir.

Leurs regards se croisèrent vraiment pour la première fois et le choc de leurs deux énergies fit des étincelles dans l'esprit de Nina, mais aussi dans ses entrailles. Une connexion immédiate, bien différente de celle vécue avec Karan, la rendit fébrile. Troublée, elle referma la porte telle une poupée de chiffon et regarda repartir la voiture. Elle pouvait voir à présent qu'il s'agissait d'une Maserati avec son logo en forme de trident. Que venait-il de se passer ? Les jambes en coton, elle regagna sa maison du 412 Avenue Sigmund Freud sans plus se soucier de Joséphine Miller.

lbert fut réveillé en sursaut par la sonnerie de son téléphone. Il l'attrapa d'un geste maladroit et fit tomber la lampe de chevet. Il constata que c'était une simple notification d'e-mail qui l'avait sorti du sommeil. Il jeta un œil à l'heure et se rassura : il n'était pas en retard pour son rendez-vous avec les cousins de Virginie Cavanagh. Il repoussa la couverture molletonnée de son lit et s'assit en tentant de reprendre pied. La veille, beaucoup d'énergies avaient parcouru son corps au point d'empêcher les bras de Morphée de l'étreindre avant un long moment. Après son passage à l'abattoir, tout avait changé. Une fois le collier en main, il n'avait pas pu quitter l'endroit en la laissant là. Il en attendait plus de leur rencontre, elle devait être éveillée pour qu'ils puissent communiquer, d'énergie à énergie. Mais accepterait-elle une rencontre frontale où il lui dirait toute la vérité ? L'insécurité d'Albert refaisait surface. Pouvait-il lui faire confiance ? Elle avait l'air inoffensive. Mais le Rêveur avait appris à se méfier des apparences. Il avait finalement regagné sa voiture et avait rebroussé chemin. Une fois sur la route, il avait cherché un autre chemin de terre qui s'enfonçait dans la forêt, à une distance raisonnable. Il ne savait pas encore à ce moment-là ce qu'il comptait faire, mais il ne pouvait pas partir, il ne voulait pas perdre sa trace. Avec une certaine concentration, il parvint à sentir l'énergie de la Rêveuse à travers l'espace qui les séparait sur la Terre. Il avait senti son réveil, sa déambulation dans l'abattoir et sa traversée de la forêt pour rejoindre la route. Il ne savait pas pourquoi elle n'avait pas appelé de taxi, mais il y avait vu sa chance. Quand il avait senti le soulagement de la Rêveuse d'avoir atteint la route, il avait démarré sa voiture et était parti la rejoindre. Son cœur battait la chamade à cet instant. C'était bien la première fois qu'une rencontre lui faisait autant d'effet. Il fallait dire que c'était aussi la première fois qu'il rencontrait quelqu'un comme elle, comme lui.

Albert se leva finalement et s'étira avant de se diriger vers la salle de bain, seulement vêtu d'un pantalon de pyjama. En se regardant dans le miroir, il se trouva un regard différent, les yeux plus brillants. Quand la Rêveuse était montée à côté de lui, dans sa voiture, leur connexion avait été immédiate. Il n'avait pas eu besoin de poser son regard sur elle pour sentir toute sa puissance. Il savait qu'elle ne contrôlait pas son pouvoir aussi bien que lui, mais il avait bien senti lors de ce trajet le potentiel de la jeune femme. Albert entra dans la douche à l'italienne de sa salle de bain et laissa l'eau chaude s'écouler sur sa peau. Il devait reprendre ses esprits pour son rendez-vous, mais il lui était difficile de sortir la Rêveuse de ses pensées. Il voulait la retrouver. Il possédait désormais une information personnelle qui l'aiderait : la rue où elle habitait. Albert s'insulta de ne pas lui avoir demandé au moins son prénom, cela aurait été bien plus simple pour ses recherches. L'homme, une serviette autour de la taille, se dirigea vers son dressing, choisit un costume bleu marine avec une cravate noire et des chaussures vernies marron, s'habilla et ajouta une montre à son poignet. Après un rapide regard dans le miroir en pied près de l'entrée, il quitta son appartement. Il était temps de récupérer le fruit de son labeur.

***

Cela faisait désormais deux jours qu'Éric Ramirez pourrissait dans le seul motel de la ville de Prescott, en attente de nouvelles de Stéphane Martin. Sa femme lui avait dit d'attendre, mais il ne pourrait pas rester éternellement, ses étudiants l'attendaient et l'université avait un peu grincé des dents quand le professeur avait allongé son congé exceptionnel. Il s'était donné encore un jour à manger des snacks, à se promener dans le parc de la petite ville qu'il connaissait à présent par cœur et à envoyer des documents de travail à ses élèves pour leur montrer qu'il ne les oubliait pas. Heureusement pour lui, même l'hôtel le plus miteux possédait une connexion internet et le wifi dans ce pays.

Il n'avait pas eu de nouvelles de Nina depuis leur dernière entrevue. D'après les informations qu'il avait de ses pairs, elle s'en sortait bien avec ses premiers étudiants. Mais on lui avait fait remonter que ces derniers jours, elle ne semblait pas au mieux de sa forme. Le professeur se demandait si elle ne vivait pas à nouveau une expérience à la Hodgkin Island. Mais il n'osait pas reprendre encore contact. Il n'avait pour l'instant rien à lui dire de pertinent sur son père et il ne voulait pas se montrer intrusif alors que la jeune femme lui avait demandé de garder ses distances. Personnellement, Éric n'était pas satisfait de ce fossé entre eux. Maintenant que Nina connaissait la vérité, il voulait être enfin présent pour elle. Il culpabilisait beaucoup de l'avoir abandonnée quand elle était bébé. Après tout, c'était la fille de son meilleur ami ! Il ne valait peut-être pas mieux que Stéphane. Grâce aux efforts de Colette, elle avait eu une bonne famille et avait été heureuse. Il culpabilisait aussi de ne pas lui avoir dit la vérité plus tôt. Il avait refoulé cette dernière pendant des années au point de lui avoir causé des nœuds à l'estomac. Pour se réconforter, il se disait que ce n'était pas de son ressort. C'était à sa grand-mère de tout lui avouer. Il la respectait trop pour intervenir ainsi dans leurs affaires de famille. Depuis qu'il connaissait Nina, une relation particulière s'était créée, et ce, bien avant qu'il comprenne qui elle était vraiment. Une sorte de sentiment de paternité ressortait en lui aujourd'hui face à cette jeune femme. Avec ce qu'elle traversait, il voulait lui apporter tout le soutien possible. Mais tant qu'il n'aurait pas regagné sa confiance, elle ne se confirait pas.

Ramirez ouvrit un nouveau paquet de chips barbecue et alluma la télé pour avoir un semblant de présence. Nina finirait bien par changer d'avis et lui ouvrirait de nouveau une porte, il en était sûr. Même si la jeune femme n'était pas intéressée par les informations que le professeur lui apporterait sur son père, elle verrait au moins tous les efforts qu'il avait faits pour les trouver. De plus, il commençait à douter de Stéphane. Il n'était vraiment pas convaincu qu'il accepterait de voir sa fille. De toute façon, il n'était pas sûr non plus que Nina veuille le voir. Il ne savait toujours pas ce qu'il allait dire à son ancien ami. Il avait répété plusieurs discours dans sa tête, mais rien ne l'avait convaincu. Il avait finalement décidé de laisser faire le destin. Ramirez n'avait jamais eu de mal à trouver ses mots, cette fois-ci ne ferait pas exception. Encore fallait-il que Stéphane le contacte.

Malgré les cris d'un candidat de jeu quelconque qui résonnaient dans la chambre, Ramirez entendit clairement la sonnerie significative d'un SMS provenant de son portable. Il lâcha sa poche de chips sur le lit, se leva et attrapa son téléphone sur le petit bureau en bois. Son cœur s'accéléra en constatant que le message venait de Cynthia. Il l'ouvrit finalement et obtint la réponse qu'il attendait.

RDV au parc, près de la statue de Champlain. Ce soir 18h.

***

Cette fois-ci, Albert avait choisi un petit restaurant typique de l'Union situé en centre-ville, ouvert 24h/24 et qui servait un petit-déjeuner digne d'un hôtel 3 étoiles. L'homme avait déjà eu dans le passé quelques rendez-vous d'affaires ici, mais il n'était pas venu depuis un moment. De plus, il avait envie ce matin-là d'un petit-déjeuner copieux, mais rapide. Il regarda sa montre alors que la serveuse déposait devant lui son assiette d'œufs brouillés-bacon sur le comptoir. Les Cavanagh étaient en retard. Ce n'était pas nécessairement pour lui déplaire. Il prit sa fourchette, observa sa propreté et, une fois satisfait, la plongea dans ses œufs. Un délice, comme d'habitude. Rien à voir avec les œufs baveux et le bacon trop cuit qu'on lui servait à l'Institut. Quand il était jeune, la nourriture lui avait toujours laissé un goût fade et insipide dans la bouche. Quand il avait découvert la vraie nourriture hors de l'Institut, il n'imaginait pas ce que le bon goût pouvait provoquer dans l'esprit. On lui avait répété toute sa vie qu'il devait manger pour vivre. À l'âge adulte, il avait découvert qu'il pouvait le faire pour le plaisir.

Albert jeta un œil par-dessus son épaule en entendant le tintement de la clochette accrochée à la porte d'entrée du restaurant. Les Cavanagh entrèrent en se disputant, Cassandre Bazin fustigeant son frère pour avoir osé la faire attendre. Appollo Cavanagh grogna en s'excusant, *encore une fois*. Ils se mirent alors à chercher Albert du regard. Ce dernier leur fit un rapide signe de la main et les deux cousins s'assirent de chaque côté d'Albert, sur les tabourets du comptoir où ce dernier s'était installé. A nouveau, ils faisaient tache dans le décor. Pas par leurs vêtements – Albert avait aussi un style BCBG – mais plus par leur comportement. La gêne de Cassandre Bazin se lisait comme dans un livre ouvert. Appolo jetait souvent des regards aux alentours, comme s'il s'attendait à ce qu'on vienne le dépouiller d'un instant à l'autre. Il est vrai que le lieu était ce qu'on appelait *populaire*, mais Albert aimait parfois troquer le carcan trop rigide de la bourgeoisie pour plus de simplicité.

— Merci d'avoir accepté de venir si tôt, madame, monsieur.

— Vous nous avez dit que votre mission était accomplie, on serait venu en pleine nuit si nécessaire, argua Appollo Cavanagh.

Cassandre Bazin hocha vigoureusement la tête.

— Nous… Nous avons vraiment besoin de… récupérer ce bijou. C'est sentimental…vous savez.

— Bien sûr, bien sûr…

Albert savait à présent de source sûre que les cousins n'étaient pas financièrement au mieux de leur forme. Appollo avait des dettes de jeux et le mari de Cassandre avait été licencié il y a peu. Albert savait même qu'ils avaient déjà un acheteur en vue pour le bijou. On disait que les Cavanagh en demandaient une somme bien plus élevée que le prix estimé, ce qui permettrait de payer son travail et de renflouer les caisses des cousins. Mais après tout, ce n'était pas ses affaires, du moment que lui était bien payé.

— J'ai bien reçu la première partie de ma rétribution. Je compte sur vous pour la deuxième partie…

— Bien sûr ! Le virement a été programmé dès que vous nous avez contactés ! Il devrait apparaître sous peu sur votre compte.

Appollo Cavanagh semblait plus fier qu'un paon, il attendait sûrement qu'on le félicite comme un enfant. Bien sûr, aucun remerciement ne vint et il se renfrogna. Albert reprit :

— Je vous fais confiance…Vous savez de toute façon ce qui arrive à ceux qui ne respectent pas leur engagement avec moi…

Cassandre Bazin déglutit bruyamment pendant qu'Appollo Cavanagh tentait de façon maladroite de se contenir. Ils le savaient très bien. Et, bien qu'Albert les avait déjà avertis lors de leur première rencontre, il aimait en rajouter une couche. Rien de plus efficace que la répétition. Le Rêveur sourit intérieurement. Voir ses clients réagir à ce genre de phrases lui plaisait beaucoup. Satisfait, Albert sortit un écrin de la poche intérieure de sa veste.

— J'ai pris le soin de le conserver dans un écrin. C'est pour moi, ne me remerciez pas.

Les yeux brillants, les Cavanagh s'approchèrent du comptoir où l'étui avait été posé, et observèrent Albert l'ouvrir avec délicatesse. Comme l'homme aimait le travail bien fait, il avait pris le soin de le faire nettoyer, ainsi sa brillance d'antan avait été restaurée.

— Où… Où l'avez-vous trouvé ? questionna Cassandre Bazin, sans détourner le regard.

— Vous voulez vraiment savoir ? Ce qui est arrivé à votre cousine vous intéresse-t-il ?

Albert ferma sèchement l'écrin. Les deux cousins sortirent de leur transe. Le ton de l'homme témoignait de la réponse qu'il attendait. Il se doutait que les cousins n'en avaient rien à faire de Virginie Cavanagh, et d'ordinaire, Albert n'insistait jamais ainsi auprès de ses clients. Cette fois-ci, sans savoir exactement pourquoi, il jugeait important que quelqu'un de sa famille sache ce qui lui était arrivé. Les cousins, gênés, répondirent finalement par l'affirmative.

— Très bien. Virginie Cavanagh a été assassinée en janvier 1984 par un tueur en série, ou plutôt une tueuse en série, parce qu'elle était lesbienne. La tueuse se débarrassait des corps en les broyant dans un ancien abattoir en dehors de Paradisia. Elle gardait les bijoux de ses victimes dans un petit coffre, caché dans un mur de l'abattoir.

Les Cavanagh restèrent sans voix, choqués par cette révélation à laquelle ils ne s'attendaient pas. Ravi, Albert finit son verre de jus d'orange, laissa quelques billets sur le comptoir et se leva, avant que les cousins aient le temps de reprendre leur esprit et de lui poser des questions auxquelles il ne voulait pas répondre.

— J'ai été ravi de faire affaire avec vous.

Quand Albert franchit la porte pour se retrouver dans la rue, il sourit en voyant par la vitre du restaurant les Cavanagh transis par la stupéfaction. Il prit alors une décision qui ne lui ressemblait pas : il fallait à tout prix qu'il sache qui était la tueuse en série, ce qu'elle était devenue. Ainsi, il aurait un sacré argument pour se présenter, pour de vrai cette fois, à la Rêveuse.

Le cycle des âmes

CHAPITRE 14

Nina Stinkins attendait de nouveau dans la salle d'attente de son Guide. Karan Sharma était encore une fois en retard. La Rêveuse attendait patiemment, tout en espérant vite en finir. Elle avait même hésité à annuler son rendez-vous, mais elle se persuada que, en tant que Guide, Karan Sharma aurait la réponse à sa situation. Et puis, quelque part dans son esprit et dans son cœur, elle avait tout de même envie de le revoir. Elle avait tenté de le contacter pour qu'ils se voient à nouveau en dehors du cabinet, mais Karan était en déplacement pour un séminaire et il ne revenait en ville que le jour de leur rendez-vous à son bureau.

Nina ne mangeait quasi plus, ne dormait plus sans voir d'atroces images de meurtres et de corps broyés et avait, par conséquent, une mine affreuse. Elle avait de nouveau des visions en journée, éveillée. Avoir une vision était moins douloureux physiquement qu'à Hodgkin Island. Elle pensait que c'était parce que son esprit et son corps avaient accepté le Don. C'était plus aujourd'hui un aspect psychologique qui la rendait malade. Elle ne savait pas comment contrôler ses visions, comment empêcher les images de se répéter. Elle avait annulé sa dernière journée de cours, incapable de penser à son enseignement, pour aller à l'abattoir. Elle reconnut alors qu'elle aurait bien aimé que son mentor soit présent. Comme demandé, elle n'avait aucune nouvelle d'Eric Ramirez. Elle ne l'avait même pas croisé à l'université ces derniers temps. Quand elle avait demandé au secrétariat, on lui avait seulement dit qu'il avait pris un congé de quelques jours en dehors de la ville. Était-ce pour la recherche du père de Nina ? La jeune femme secoua la tête à cette pensée. Elle n'avait ni le temps, ni l'envie, ni la santé de réfléchir maintenant à son géniteur, déserteur d'autorité parentale.

Nina était prête à sombrer de fatigue, bien calée dans le fauteuil confortable de la salle d'attente quand elle entendit Karan Sharma saluer son dernier patient puis leurs pas dans le couloir. Le psychologue s'arrêta sur le seuil de la salle d'attente. Il sembla étonné de voir Nina la mine aussi pâle et les yeux si creusés. Il paraissait même vraiment inquiet.

— Nina, nous y allons ?

La jeune femme se leva péniblement, attrapa son sac à main et suivit son Guide dans son bureau. Elle s'installa dans le siège qui était attribué aux patients, comme à son habitude. Karan Sharma eut la bonne idée de lui servir un verre d'eau avant de s'installer dans son propre fauteuil.

— Nina… Désolé de te le dire, mais tu as une mine affreuse.

— Merci.

La Rêveuse tenta un petit sourire, mais il ne diminua pas l'inquiétude qui se lisait dans les yeux de son conseiller.

— Qu'est-ce qui se passe ? Raconte-moi tout. Peut-être que je peux t'aider.

— C'est ce que je suis venue chercher aujourd'hui, de l'aide.

— Alors je t'écoute.

Nina commença alors le récit de ses dernières visions et les horreurs commises par Joséphine Miller. Elle lui raconta les sentiments ambivalents qu'elle pouvait éprouver, celles de Joe, satisfaite de tuer, luttant contre son homosexualité, et celles de Nina, malade de toute l'atrocité des actions commises dans le corps de Joe. Elle ne pouvait s'empêcher de penser que c'était elle, Nina, qui tenait le couteau. Contrairement à son expérience sur Hodgkin Island, elle savait pourtant que ce n'était pas le cas. Karan Sharma écoutait attentivement. La Rêveuse ne parvenait pas à détecter ses pensées. Finalement, les larmes se déchaînèrent. La frustration de ne pas avoir pu interrompre le cycle meurtrier de cette jeune femme, la douleur concernant les victimes, l'effroi des actions de Joe… Une accumulation de sentiments que Nina gardait depuis de longs jours en elle et qui devaient s'échapper d'une façon ou d'une autre.

Karan Sharma se leva et tendit à la Rêveuse une boîte de mouchoirs, celle qui trônait toujours sur son bureau, en attente de larmes qui venaient tôt ou tard dans une thérapie. Nina en attrapa quelques-uns, s'essuya les yeux puis tourna la tête pour se moucher. Alors qu'elle essayait de renifler le plus discrètement possible, la jeune femme leva son regard vers le psychologue qui était retourné à son bureau, silencieux. Il semblait réfléchir aux réponses qu'il pouvait apporter à Nina, comment l'aider. La jeune femme sentait qu'elle devait ajouter une chose importante, une interrogation qui lui trottait dans la tête depuis le premier meurtre.

— Pourquoi ? Pourquoi dois-je subir ce genre de visions, d'une extrême violence ? Toujours la mort… Brutale. Elles me rendent malades… Comment…

La jeune femme laissa sa dernière question en suspens. Elle n'était pas sûre que cette question était légitime, qu'elle avait le droit de la poser. Karan la poussa tout de même à le faire à haute voix.

— Comment je m'en débarrasse… chuchota Nina, la tête basse.

Karan Sharma inspira profondément et posa ses bras sur son bureau, les mains jointes. Il laissa le silence s'insinuer dans la pièce, comme une pause nécessaire pour apaiser l'esprit de Nina. Elle en avait plein la tête, mais lui aussi. Quand il pensa Nina prête à poursuivre, il prit la parole.

— Nina… J'ai l'habitude de traiter des patients qui rencontrent des difficultés à accepter quelque chose, un évènement tragique la plupart du temps. Et je leur évoque tous les mêmes possibilités : soit on accepte et on avance, soit on reste dans le déni et on souffre. Ça paraît facile comme ça, mais souvent cela provoque un électrochoc de mettre des mots précis. Ils peuvent être reçus de façon brutale, mais ils laissent place à la réflexion.

La jeune femme écoutait attentivement le psychologue, sans trop savoir où il voulait en venir. Elle triturait ses mouchoirs entre ses doigts en buvant ses paroles.

— Je dois te dire que j'ai pris contact avec mes parents. À reculons certes, mais je leur ai raconté notre rencontre. Je voulais des conseils, je voulais qu'ils forcent la formation de guide que j'ai eu jeune à ressurgir. Grâce à ça, et à mon expérience en tant que psychologue, je vais pouvoir t'aider.

— Je t'écoute…

— Tu dois accepter le Don. Tu l'as déjà fait une première fois sur Hodgkin Island, mais la situation était tout de même différente. Sur l'île, tu as partagé une belle histoire d'amour. Ton corps luttait, mais ton esprit n'était pas coincé dans des émotions que tu ne pouvais pas supporter, comme avec Joe Miller. La difficulté qui s'impose cette fois, c'est que tu n'as pas le choix de recevoir ses visions, mais tu peux apprendre à les contrôler, t'ouvrir ou te fermer aux visions. Comme le wifi, tu peux le déconnecter et le reconnecter à l'envie. En travaillant ensemble, on peut arriver à cette solution.

Nina était surprise. Karan Sharma avait fait une volte-face fulgurante entre ce qu'il pensait de son éducation, de son blocage avec ses parents, et le Guide qu'il tentait à présent de devenir. Le psychologue avait lui aussi des sentiments confus, il lui avait avoué. Était-il alors prêt à accepter son rôle pour elle ? La Rêveuse écarta cette pensée pour se concentrer sur la solution qu'il proposait. Elle entendait cette solution possible. En vérité, c'était une bonne solution. Mais Nina avait encore du mal à comprendre.

— Il y a une question, cependant, que tu as passée sous silence, rétorqua la jeune femme. Pourquoi ? Pourquoi est-ce que je dois avoir ces visions ? À quoi elles servent ? Quel est mon but dans tout ça ?

C'était une question à laquelle Karan avait forcément réfléchi. C'était sans doute la question qu'avaient dû se poser beaucoup de Rêveuses. Nina ne semblait pas avoir le choix et c'est ce qui bloquait le plus dans son esprit. Elle n'avait pas choisi d'être une Rêveuse et elle ne comprenait pas le sens qu'elle devait y mettre.

— Eh bien… De ce que j'en sais, les Rêveuses ont utilisé le Don de différentes façons. Tu peux l'utiliser par altruisme, pour aider les victimes, pour que le monde connaisse la vérité sur des tragédies, pour aider les familles à faire leur deuil.

— Ou alors…

— Tu peux te servir du Don quand tu le souhaites seulement pour l'argent par exemple. Dans l'Histoire, il est connu que des Rêveuses ont utilisé leur don pour vivre.

— Je vois…

— Dans tous les cas, il y a deux choses importantes qu'il faut te mettre en tête : tu ne peux pas supprimer ton Don, mais tu peux apprendre à le gérer, à choisir quand voir, quoi voir. Et l'information capitale d'aujourd'hui, c'est que je peux t'aider. Si tu me laisses le faire. Comme un vrai Guide.

Karan Sharma adressa alors à Nina un sourire flamboyant. Pour elle, il semblait avoir vaincu ses doutes. Pour elle, il plongeait dans une autre vie. Pour elle, il bouleversait tout ce qu'il pensait savoir. Comme elle. Ensemble, ils pourraient y arriver. Ne rester plus à Nina qu'à choisir la voie qu'elle souhaitait emprunter.

***

Nina sortit du rendez-vous avec son Guide un peu plus détendue. Les nausées et le teint pâle étaient toujours présents, mais dans son esprit et dans son cœur, quelque chose était différent. Elle se rendait à présent compte que si, elle avait le choix. Certes, pas celui d'avoir ce don, mais elle pouvait choisir ce qu'elle voulait en faire. Elle n'avait jamais considéré qu'il pourrait être utilisé à des fins commerciales. Elle comprenait que certaines femmes dans le passé l'aient utilisé de la sorte, mais aujourd'hui, serait-ce toujours possible ? Nina ne voyait pas réellement comment cela pouvait se faire, de façon concrète. Mais la question n'était pas vraiment là. Nina était-elle ce genre de personnes ? Le genre qui sélectionne les défunts qui ont besoin d'aide, uniquement pour le profit ? La jeune femme s'était toujours considérée comme quelqu'un de bien. Elle avait été élevée dans le respect de la vie, le partage, et l'entraide. Son père Patrick, son père adoptif, n'avait jamais connu ses parents biologiques et avait séjourné de famille d'accueil en famille d'accueil, toutes plus horribles les unes que les autres. Des familles où régnaient la malveillance, voire la maltraitance, envers les enfants comme envers n'importe quel humain, exceptés eux-mêmes. Mais heureusement, il avait vécu son adolescence avec une mère adoptive aimante et d'une extrême gentillesse envers le monde. Et c'est cette philosophie qu'il avait gardée étant adulte et qu'il avait appris à sa fille. La mère adoptive de Nina, Johanna, n'avait pas été élevée dans le même amour de l'autre. Venant d'une famille aisée, elle crut longtemps que la seule chose qui faisait et devait faire tourner le monde était l'argent. Mais quand elle se rebella pour devenir professeur de français, ses convictions avaient évolué. Sa rencontre avec Patrick acheva de la faire changer de bord et les deux parents étaient alors raccords pour élever leur fille dans la même direction. Nina savait parfaitement ce que voudraient ses parents. Elle aurait pu en parler à mamie Colette. Sa grand-mère avait toujours été d'excellents conseils. Point également important, elle était la seule de la famille à savoir pour le Don. Enfin, elle aurait aimé pouvoir en toucher deux mots à son mentor. Karan lui avait dit de ne pas rester seule et de ne pas hésiter à demander de l'aide quand elle en ressentait le besoin. Cependant, Nina pensait, cette fois, devoir prendre sa décision seule. Et en réalité, elle n'avait pas besoin d'y réfléchir très longtemps.

***

Grâce à son réseau dans la police, dans les services administratifs et dans la rue, Albert avait réussi à récupérer dans la journée tout un tas d'informations sur Nina Stinkins. Il n'avait pas eu de mal à faire le lien avec la romancière de *La vérité sur Hodgkin Island* et l'histoire de ce livre prenait alors tout son sens. Elle avait réellement vécu sur cette île ce que les autres lecteurs prenaient pour de la fiction. Albert connaissait à présent tout sur son parcours scolaire et universitaire, son nouveau job, sa famille. Il avait visité son ancien appartement et avait interrogé tout un tas de personnes pour connaître les habitudes de la Rêveuse. Depuis quelque temps, elle rendait régulièrement visite à un psychologue du centre-ville. Toujours les mêmes jours, aux mêmes horaires. Il n'avait donc pas été difficile pour Albert de l'y retrouver. Il aurait pu aller l'observer chez elle, mais les voisins auraient fini par noter ce véhicule inconnu qui restait toute la journée dans le quartier. Sa voiture de luxe ne passait pas inaperçue dans les quartiers populaires. Ici, au centre-ville, elle éveillait moins l'attention. Albert y attendait depuis environ deux heures. Enfin, il vit Nina sortir de l'immeuble où se trouvait le cabinet du psy. Il s'enfonça un peu plus dans son siège et ajusta ses lunettes de soleil. Mais la Rêveuse n'était pas du tout concentrée sur l'environnement qui l'entourait. Elle semblait perdue dans ses pensées. Albert lui trouvait une mine affreuse. Son visage s'était creusé, ses cernes noircis et son visage avait pâli depuis leur première rencontre physique. Même sa démarche n'était pas la même, elle ne semblait pas tenir correctement sur ses jambes et Albert s'attendait à la voir trébucher d'une minute à l'autre. Des sentiments confus envahirent le cœur de l'homme. Il n'était seulement qu'à quelques pas d'elle. Il avait envie de traverser la rue et d'aller l'aider, lui parler. Il était sûr qu'il pourrait lui être plus utile que son psy qui ne pouvait pas la comprendre. Lui avait-elle dit la vérité ? Certainement pas, sinon il l'aurait déjà placée dans un asile. Ce n'était pas habituel qu'Albert se soucie de quelqu'un d'autre que lui-même et ce qu'il ressentait le perturbait.

Nina Stinkins prit la direction de l'arrêt de bus à quelques centaines de mètres. Albert fut surpris de la voir s'arrêter à mi-chemin. Elle se figea et son corps se crispa. Raide comme un piquet, tous les muscles tendus, Albert remarqua que de violents tremblements agitaient la jeune femme. Elle avait une vision. Albert jeta un œil dans la rue, il n'y avait personne pour l'interrompre. L'homme hésita à sortir de la voiture pour la mettre en sécurité. Il était à deux doigts d'ouvrir sa portière quand il entendit un petit cri de femme qui ne venait pas de la Rêveuse. Une petite femme boulotte aux cheveux bruns approcha de Nina d'un pas pressant. Elle crut sans doute que la jeune femme faisait une attaque ou une crise d'épilepsie. La brunette se plaça devant la Rêveuse et posa les mains sur ses épaules. Albert la vit parler à la rouquine pendant quelques instants. Soudain, la femme ouvrit la bouche et ses yeux sortirent de ses orbites. Elle s'affaissa sur le sol et Albert put voir une lame recouverte de sang dans la main de Nina. L'homme sursauta en réalisant que la jeune femme venait de poignarder une inconnue en pleine rue. Un nouveau cri se fit entendre et deux autres femmes s'approchèrent de la victime. Un homme d'origine indienne arriva dans l'autre sens et tenta de parler à Nina. Albert ne pouvait pas entendre ce qu'il lui disait, mais ces paroles réussirent à ramener Nina à la réalité. Elle lâcha brusquement le couteau et réalisa alors ce qu'elle venait de faire. Elle plaqua ses mains sur sa bouche et s'accroupit devant la victime. Albert avait entendu une des deux femmes appeler la police. Une patrouille ne devait pas être loin, car les sirènes retentirent très peu de temps après. L'homme indien prit Nina dans ses bras et chuchota de nouveau à son oreille avant que les flics ne passent les menottes à la Rêveuse. Les représentants de la loi entraînèrent Nina dans leur voiture et démarrèrent le moteur. Le véhicule de police croisa une ambulance qui bloqua la rue en s'arrêtant au niveau de la victime. Albert était coincé. Il aurait aimé suivre la Rêveuse jusqu'au poste où elle était emmenée. L'homme indien sur le trottoir d'en face semblait complètement désarmé. Ce qui n'était pas vraiment le cas d'Albert. Ce dernier attrapa son portable sur le siège passager, chercha un numéro dans ses contacts et lança l'appel. Il était encore capable d'aider Nina.

CHAPITRE 15

E ric Ramirez, un gobelet de café à la main, ajusta ses lunettes de soleil en entrant dans le parc municipal de la ville de Prescott. Il avait passé tellement de temps sous la faible lumière de sa chambre de motel que le soleil, qui pourtant se couchait, l'aveuglait. Eric suivait le chemin principal de cailloux blancs et ne mit pas longtemps à retrouver la statue de Champlain, trônant au milieu du parc. Il chercha un banc du regard et en trouva un à quelques pas de la statue, sous un chêne. Il s'y installa et but une gorgée de café. Un peu plus loin, il entendait des enfants jouer dans une aire de jeu qu'il avait déjà remarquée lors de ses balades. Il commençait d'ailleurs à connaître cet endroit par cœur. Le parc n'était pas immense, mais suffisant pour une ville comme Prescott. Eric y aimait la disposition des arbres, le grand bassin à poissons avec fontaine de Vénus, le calme qu'il procurait. À Paradisia, il bénéficiait de plusieurs endroits tels que celui-ci, mais rien n'était comparable en termes de tranquillité. Chez lui, la plupart des parcs se situaient au milieu de la ville, entre des immeubles, des

175

routes et des commerces. Cependant, ils avaient le mérite d'exister. Les grandes villes se mettaient de plus en plus à réaménager de la verdure. C'était nécessaire d'un point de vue écologique, mais c'était également intéressant en termes de sociopsychologie. Les hommes avaient besoin de vert, de nature. Les citadins se persuadaient que ce n'était pas nécessaire à leur bien-être, mais ceux qui en avaient les moyens possédaient des résidences secondaires à la campagne ou en forêt. Les autres se réfugiaient dans les jardins communaux ou les parcs dès qu'ils le pouvaient.

Ramirez but une nouvelle gorgée de son cappuccino et regarda sa montre. 17h55. Il avait préféré prendre un peu d'avance, mais il le regrettait. Attendre n'avait jamais été son truc. Cela permettait à sa nervosité de se développer à l'intérieur de son corps et de son esprit. Et si Stéphane avait changé d'avis ? Il rebrousserait alors chemin et rentrerait à Paradisia, déçu. Après plusieurs jours, il aurait du mal à supporter que son voyage ne porte pas ses fruits, qu'il ne puisse pas dire à Stéphane ce qu'il avait à lui dire. La décision ensuite serait la sienne, mais au moins le père de Nina aurait toutes les informations nécessaires pour la prendre. À 17h57, après sa dernière gorgée de café, Eric entendit crisser les cailloux sous des pas. Il tourna la tête et reconnut tout de suite son meilleur ami. Certes, il avait les cheveux légèrement grisonnants et des rides autour des yeux, mais c'était bien lui. Toujours aussi mince, bien qu'il ait pris un peu de ventre avec l'âge. Ramirez se redressa sur le banc en trépignant. Son cœur battait comme un adolescent lors de son premier rendez-vous romantique. Stéphane, sans vraiment le voir, s'installa en silence à côté du professeur. Ce dernier posa son regard droit devant lui sur des abeilles butinant le parterre de fleurs en face du banc. Eric ne savait pas comment commencer la conversation. Mais il n'eut pas à le faire.

— Tu m'as retrouvé...

— Comme tu le vois, répondit Ramirez.

— Je ne voulais pas te voir, mais Cynthia a insisté.

— Il faudra que je la remercie alors.

— Je suis tombé sur un article qui parlait de toi, de l'université...

Stéphane parlait lentement et calmement, mais l'atmosphère était tendue. Ramirez n'était clairement pas en terrain conquis.

— Oui, je suis toujours professeur là-bas. Et toi, tu gères une pharmacie ?

— C'est ça, j'en ai eu assez de parcourir le pays. Et ensuite, j'ai rencontré ma femme, raconta Stéphane.

— Ta deuxième femme, ne put s'empêcher de dire Ramirez.

Du coin de l'œil, le professeur put apercevoir une grimace sur le visage de son ami. Accepterait-il réellement de parler du passé ? Stéphane se tourna brusquement vers Éric, le regard dur.

— Éric, pourquoi es-tu là ?

Le professeur se tourna à son tour vers le père de Nina. Il devait bien se douter de la réponse, mais il avait sûrement besoin de l'entendre.

— Pour parler de ta fille.

— Je... J'ai fait une croix sur cette vie, dit Stéphane froidement.

— Comment peux-tu dire ça ! rétorqua Éric, choqué. On parle de ta chair, ton sang ! De l'amour qui l'a conçue ! Comment as-tu pu oublier Emily et Nina ?

— Je ne les ai pas oubliées ! cria Stéphane.

Il s'interrompit pour regarder autour de lui, mais cette partie du parc était déserte.

— Mais je devais tourner la page, ajouta-t-il.

— En abandonnant ta fille… Je ne te connaissais pas si lâche…

— Oh, c'est facile de juger !

— Ma fille est morte. Je crois que je sais ce que c'est de tourner la page. Mais si c'était Jasmine qui ne s'en était pas remise, je n'aurais jamais laissé Jemma.

— Tu… Tu n'as pas à juger mes choix.

— C'est vrai… Et je ne suis pas là pour ça, répondit Ramirez en tournant de nouveau son regard en face de lui.

Il laissa planer un peu le silence pour laisser le temps à Stéphane de calmer sa colère. Et de calmer la sienne par la même occasion.

— Est-ce que… est-ce que Nina va bien ?

— C'est un peu compliqué… Elle a appris il y a seulement quelques mois que ses parents n'étaient pas ses parents biologiques. Colette lui a raconté l'histoire. Elle a… quelques soucis et je pense que cela pourrait lui faire beaucoup de bien de te rencontrer.

— Je ne sais pas…

Stéphane se frotta la nuque d'une main. Il ne parvenait pas à calmer la tension qu'il sentait dans ses nerfs. Ramirez se préparait à sortir ses arguments les plus convaincants quand son portable sonna. À l'affichage du nom de Colette, le professeur sut que c'était important. Il se leva et s'excusa auprès de Stéphane en s'éloignant, à l'abri des oreilles de son ami. Ce dernier observa Éric. Ses traits s'affaissèrent sous la nouvelle qu'il venait d'apprendre. La conversation dura à peine deux minutes et le professeur raccrocha. Il revint vers le banc et attrapa sa sacoche qu'il y avait laissée.

— Que se passe-t-il ? s'inquiéta Stéphane.

— Je dois rentrer. Ta fille a besoin de moi.

***

Jamais Nina Stinkins n'aurait imaginé être un jour dans cette position de criminelle. La tête dans les bras, posés sur le métal froid de la table de la salle d'interrogatoire, elle tentait d'y voir clair dans ce qui lui valait sa place ici. Les images qui se bousculaient dans sa tête étaient confuses. Elle croyait être Joe quand elle avait sorti ce couteau. D'où venait-il ? Nina ne se rappelait pas l'avoir mis dans son sac. Non, c'était forcément Joe. Comment le présent et le passé avaient-ils pu se mêler au point qu'elle ne fasse plus la différence ? Nina n'avait pas senti venir sa vision, elle était dans la rue en fin de journée et d'un coup le ciel s'était assombri. De « seule » elle était passée à « accompagnée d'une charmante blonde » qui lui parlait d'une voix aigüe. Quelques instants plus tard, Nina avait bien senti la lame s'enfoncer dans le corps de la femme et elle avait aimé ça. Elle avait même discerné un sourire sur son visage. Elle avait ensuite brusquement senti qu'on la secouait violemment. C'était étrange, car elle était pourtant seule sous le ciel étoilé. Elle cligna des yeux et fut de retour sous le soleil couchant. La voix de Karan Sharma résonnait à son oreille, des cris de femmes envahissaient la rue. Il fallut quelques secondes à Nina pour voir le couteau rougi de sang dans sa main. Elle le lâcha aussitôt et sentit Karan Sharma la prendre dans ses bras. Il lui chuchota quelques mots dont elle ne se souvenait pas. Les policiers arrivèrent ensuite, lui passèrent les menottes et la firent monter dans leur véhicule bleu. Mais Nina n'était plus vraiment là. Elle naviguait dans une brume mentale où plus rien n'avait de sens. Son esprit embrouillé ne pensait plus normalement et elle ne reprit un peu ses moyens qu'une fois assise dans la salle d'interrogatoire. Elle ne se rappelait pas le trajet en voiture ni l'arrivée au commissariat. On avait dû la photographier et prendre ses empreintes, mais ce n'était qu'une déduction, car elle n'en avait aucun souvenir net. La Rêveuse se demandait bien ce qu'il allait lui arriver maintenant quand le bruit d'une porte qu'on ouvre lui fit relever la tête.

Une femme en tailleur jupe gris entra pendant qu'un policier lui tenait la porte ouverte. Une fois dans la pièce, la femme l'observa refermer la porte. Puis elle s'assit en face de Nina et fixa un instant la caméra qui se trouvait dans un coin, dos à la Rêveuse. Cette dernière se retourna et vit la petite lueur rouge s'éteindre. Nina se tourna de nouveau vers la femme qui prit enfin la parole.

— Mademoiselle Stinkins, je suis Katia Host, votre avocate.

L'avocate attrapa sa serviette en cuir et la posa sur la table, avant d'en sortir un dossier. Malgré la situation, Nina nota que la tenue comme les accessoires de Katia Host étaient bien luxueux. Jamais ses parents n'auraient eu les moyens d'engager quelqu'un qui s'habillait chez Chanel et Louis Vuitton. Ses cheveux bruns en chignon lui donnaient un air sévère.

— Mon avocate ?

— Commis d'office, affirma son défenseur.

Cette information supplémentaire fit tiquer Nina davantage. Mais dans sa situation, elle ne se voyait pas refuser cette aide bienvenue. L'avocate reposa sa serviette sur le sol et ouvrit le dossier.

— Alors, vous avez poignardé une femme dans la rue…

— Comment va-t-elle ? demanda Nina subitement.

Cette question lui brûlait les lèvres depuis son arrivée au commissariat, mais personne n'avait voulu lui répondre. Sans lever les yeux de son dossier, Katia Host répondit :

— Elle survivra.

Nina soupira bruyamment, soulagée. L'avoir poignardée la rendait déjà malade, alors si elle était morte, la Rêveuse ne l'aurait pas supporté.

— Vous êtes professeur ?

— Contractuel à l'université.

— Aucun antécédent juridique ? Une contravention ?

— Non, rien du tout. Mon casier est vierge.

— Ça, c'est très bien…

L'avocate parcourut encore quelques secondes son dossier puis le referma et croisa les mains sur le papier.

— Bon, racontez-moi tout.

Nina s'était attendue à la question, mais elle n'avait pas réussi à se décider sur une réponse. Si elle disait la vérité, elle serait aussitôt envoyée dans un asile de fous. Si elle affirmait sa culpabilité, elle irait en prison. Elle était à court d'options.

— Écoutez… J'ai déjà tout entendu. VRAIMENT tout. Si vous voulez que je vous aide au mieux, il faut me parler. Sinon, c'est la prison assurée.

La Rêveuse scruta le visage de sa nouvelle avocate. Elle paraissait sûre d'elle et avait bien insisté sur le fait qu'elle en avait vu d'autres. Mais était-elle digne de confiance ? Nina ne la connaissait que depuis quelques minutes et n'était même pas sûre de savoir pourquoi Katia Host s'occupait d'elle. Cependant, dans ses yeux, Nina lisait quelque chose de différent. Alors, elle parla. Elle essaya de rester évasive tout en expliquant qu'elle n'était pas elle-même lorsqu'elle avait enfoncé la lame et que ces absences arrivaient régulièrement, mais que, jusqu'alors, elle n'avait jamais blessé ni elle-même ni quelqu'un d'autre. Lorsqu'elle eut terminé, elle remarqua que Katia Host avait pris des notes tout au long de son récit. Nina attendit quelques secondes que l'avocate pose son stylo et redresse la tête vers elle. La Rêveuse s'attendait à une certaine agitation, à ce qu'on la traite de folle, mais Katia Host se contenta de la fixer.

— Alors… à quelle stratégie pensez-vous ?

L'avocate inspira profondément, hésitante. Nina comprit que la réponse à sa question n'allait pas du tout lui plaire.

— Avant de penser à une stratégie, il faut que je vous explique ce qui va se passer. Vous allez passer la nuit ici, en cellule. Votre victime a porté plainte évidemment, le juge va l'étudier et vous aurez une première audience avec lui demain à 10h. Cette audience va servir à décider si vous devez rester en prison avant le procès ou si vous pouvez être assignée à résidence. La date du procès sera aussi décidée demain.

— D'accord… Et ensuite ?

— Ensuite… Je vais faire tout ce que je peux pour plaider non-coupable pour cause de problèmes médicaux, mais… le juge sera le seul à décider de votre sentence.

Nina encaissa le choc. Katia Host avait eu la délicatesse d'utiliser le terme « médicaux » au lieu de « psychiatriques », mais la Rêveuse savait quelle sanction pouvait être choisie par le juge. Elle ne savait pas ce qui serait le pire pour elle : la prison ou l'asile ? Il semblait ne pas y avoir d'autre option.

— Le juge est seul à décider ? Pas de jurés ?

— Non, pas pour une simple agression. Surtout que la justice n'a jamais entendu parler de vous.

Katia Host rangea son dossier et se leva, Nina sentit la panique de se retrouver seule l'envahir.

— Attendez…

— Madamoiselle Stinkins, avant d'aller en cellule, vous avez le droit de passer un coup de téléphone. Je vous conseille d'appeler votre famille et de leur donner mon nom. Ils pourront me contacter s'ils le souhaitent. Nous, on se revoit demain.

L'avocate frappa à la porte et se retourna une dernière fois vers sa cliente.

— Tenez bon, je m'occupe de vous.

La porte s'ouvrit et Katia Host disparut dans le brouhaha du commissariat. Après avoir jeté un coup d'œil à la criminelle, le policier claqua la porte, ce qui fit sursauter Nina. La jeune femme replongea la tête dans ses bras. Quelques semaines plus tôt, elle était heureuse d'avoir un nouvel emploi et une nouvelle vie qui s'annonçait. La rencontre avec Karan avait même été un point positif dans l'équilibre que Nina essayait de créer. Elle n'aurait jamais cru finir au fond d'une cellule dès sa deuxième vie vécue avec le Don. La porte s'ouvrit une nouvelle fois et le policier détacha les menottes qui liaient Nina à la table. Il la tint par le bras et l'emmena dans un couloir où un téléphone pendait au mur.

— Vous avez 5 minutes !

Nina attrapa le combiné et commença à taper le numéro. Heureusement, elle se souvenait encore du numéro qu'elle avait appris par cœur au lycée, celui de mamie Colette.

lbert roulait vers la sortie de Paradisia tout en mordant dans un sandwich acheté près du tribunal. Il n'avait pas pu assister à l'audience de Nina Stinkins, malgré les efforts de son avocate. Katia Host travaillait pour lui depuis plusieurs années et il n'avait jamais eu à se plaindre de son travail. Il avait de moins en moins besoin de son aide, mais il aimait se la garder sous le coude, au cas où. Elle avait accepté la vérité sur Albert sans sourciller, avec son impassibilité habituelle. Descendante d'une longue lignée de sorcières Voodoo, Katia avait vu et entendu des histoires bien plus folles que ce que son client pouvait lui raconter. L'audience de Nina s'était donc faite à huis clos, alors Albert avait campé devant le tribunal pour attendre son avocate. Il avait patienté à l'ombre d'une colonne, lunettes de soleil vissées sur le nez. Il avait eu le temps de réfléchir. Il voulait créer un lien avec la Rêveuse, lui parler, se faire connaître à elle. Mais elle ne croirait jamais la vérité sans une preuve. Que pouvait-il lui fournir pour pouvoir entrer dans sa vie ? Il ne pouvait pas faire plus pour la libérer que d'engager Katia. Mais il pouvait l'aider autrement : en trouvant d'autres informations sur la meurtrière de 1984. Dans le récit que Nina avait fait d'Hodgkin Island, l'héroïne cherchait la vérité pour libérer les énergies des défunts coincés sur l'île. En la trouvant sur la meurtrière, Albert pourrait aussi mettre la main sur les énergies des victimes et leur donner la paix qu'elles devaient attendre depuis très longtemps. L'homme frissonna à l'idée de faire quelque chose d'aussi altruiste. Mais pour elle, il ferait n'importe quoi.

Au bout d'une heure, Katia Host sortit avec un couple qu'Albert identifia comme les parents de Nina. L'avocate les accompagna à leur voiture puis prit le chemin de la sienne. Albert se précipita à sa rencontre et écouta son compte rendu. Le juge avait décidé d'assigner Nina à domicile jusqu'au procès, fixé un mois plus tard. Albert fut soulagé qu'elle ne passe pas plus de temps en prison. Évidemment, il affirma à Katia Host qu'il continuerait à la payer jusqu'à l'acquittement de la Rêveuse. L'avocate tenta de l'avertir, mais il ne voulut pas entendre qu'une autre conclusion pouvait arriver.

À présent, il s'enfonçait sur le sentier boueux de la forêt menant à l'abattoir abandonné. Il était convaincu que les corps des victimes – du moins ce qu'il en restait après leur passage à la moulinette – avaient été disséminés quelque part dans le coin. Albert parviendrait alors à trouver l'énergie des disparues. Il arrêta le moteur près du bâtiment et sortit de son véhicule avec prudence. Il n'avait pas vraiment l'habitude de parler directement avec les défunts, c'était une chose qu'il avait même appris à éviter parce que cela le rendait émotif, trop émotif. Mais parfois, il n'avait pas le choix. Comme aujourd'hui. Il se promena dans les hautes herbes autour de l'abattoir, les paumes ouvertes en avant, fermant les yeux par moments. Il tenta de retrouver l'énergie de Virginie Cavanagh qu'il connaissait bien à présent. Elle faisait partie des victimes, son corps avait dû finir ici, comme tous les autres. Albert respirait profondément, effaçant progressivement les bruits parasites du lieu où il se trouvait : le bruit du vent dans les feuilles, les cris des oiseaux, le bruissement de ses pas dans les herbes hautes. Alors qu'il se trouvait de nouveau vers la porte principale de l'abattoir, par où rentraient les ouvriers par le passé, il ressentit soudain une présence derrière lui. Il arrêta ses pas et se retourna très lentement pour ne pas effrayer l'esprit qui acceptait de le rencontrer. La tête légèrement penchée, une jolie brune le regardait fixement. Une aura lumineuse bleutée scintillait dans le soleil autour de son corps. Albert la reconnut aussitôt : Virginie Cavanagh.

— Heu... Bonjour. Je m'appelle Albert. Et vous êtes...Virginie ?

La jeune femme bougea la tête d'un air de curiosité. Albert n'était pas sûr qu'elle soit consciente de son statut d'esprit. Savait-elle au moins qu'elle était morte ? C'était plausible d'imaginer qu'elle ne le savait pas. Cela expliquerait que ni Albert ni la Rêveuse ne l'avaient vue lors de leur première visite, qu'elle ne se soit pas manifestée. Albert était quelque peu rouillé concernant la communication avec les énergies. Il attendit une réponse encore quelques instants puis essaya autre chose.

— Virginie... Je suis venu vous libérer. Je vous vois et je veux vous aider, vous et les autres victimes. Vous êtes... morte. Depuis des années.

Dès qu'il eut terminé sa phrase, d'autres énergies prirent forme devant lui. Toutes des femmes, de différentes tailles, corpulences, couleur de cheveux… La meurtrière avait visiblement des goûts éclectiques en matière de femme. Elles étaient toutes habillées à la mode des années 80, l'énergie prenant la dernière forme qu'avait eue le corps de la victime avant de se faire broyer. Alors qu'Albert les détaillait pour en garder un souvenir précis, Virginie Cavanagh prit la parole.

— Vous êtes vraiment là… pour nous ?

Albert hocha la tête, intimidé. Et il était rare qu'il le soit. L'arrogance n'était plus de mise et son aplomb légendaire s'effritait devant toutes ces femmes qui attendaient beaucoup de lui.

— Absolument. Dites-moi comment… comment je peux faire pour que vous trouviez la paix ?

Comme première réponse à sa question, il vit toutes les victimes tourner la tête vers la porte de l'abattoir, excepté Virginie Cavanagh. Elle continuait de le scruter et finit par lui apporter une réponse plus précise.

— Nous ne pouvons pas partir… Tant qu'elle est ici. Elle nous garde ici.

Albert tourna la tête vers la porte, un peu hébété, puis posa de nouveau son regard sur Virginie.

— Qui ?

L'esprit de Virginie Cavanagh tourna à son tour la tête vers la porte et accentua son geste par une main tendue vers l'abattoir. Albert comprit qu'il allait devoir trouver la réponse par lui-même cette fois. Ce jour-là, il avait emporté de quoi ouvrir le panneau de bois qui obstruait la porte d'entrée. Il prit un pied de biche dans le coffre de sa voiture et réussit avec un peu d'huile de coude à enlever le panneau. L'homme fit un premier pas dans l'abattoir et fut surpris par le froid glacial qui y régnait. Il n'avait pas eu cette sensation lors de sa première visite. Il se frotta les mains, son souffle faisait des panaches de fumée. Il avança prudemment, avec l'objectif d'aller revisiter les deux salles qui avaient servi à la tueuse en série. Après deux couloirs et quelques salles vides, il parvint à la pièce où la broyeuse trônait toujours l'air triomphant, bien qu'avec davantage de rouille qu'en 1984. Il fit le tour de la pièce sans voir ou ressentir quelque chose. Il n'y avait personne, aucune énergie ne circulait plus dans cette pièce. La Rêveuse avait libéré les dernières volutes d'énergie qui s'y trouvaient, ce qui signifiait que la personne qu'il cherchait n'était pas dans cette pièce. Il poursuivit son chemin jusqu'à la salle de briques où se situait la boîte à souvenirs. Arrivé sur le seuil, son regard embrassa la pièce complètement vide et il sursauta légèrement en voyant une jeune femme blonde assise dans un coin de mur, les genoux repliés et la tête dans les mains. La meurtrière. Il fit un pas en avant dans la pièce et aussitôt, l'esprit releva la tête en prononçant un nom.

— Nina ?

Albert fut étonné d'entendre le prénom de la Rêveuse prononcé par l'esprit, mais il tint sa contenance.

— Non, je suis désolé… Mais je viens de sa part.

— Pourquoi elle n'est pas venue ? questionna l'esprit, des sanglots dans la voix.

— C'est compliqué… Elle me charge de vous aider, pour que vous puissiez vous en aller…

— NON !

Albert recula d'un pas en entendant le brusque cri de peur de la jeune femme. Cette dernière se leva et commença à faire les cent pas dans la salle.

— Je ne veux pas partir… Je vais aller en Enfer !

— Ce… Ce n'est pas si simple que ça…

Albert avança de nouveau vers l'esprit. Il fallait qu'il réussisse à la calmer afin qu'elle l'écoute et qu'elle lui dise comment il pouvait la libérer. Il décida de tenter une autre approche.

— Comment vous appelez-vous ?

L'esprit s'arrêta de marcher et se tourna vers lui. Son regard passa de la colère à l'interrogation face à cet homme qu'elle ne connaissait pas, mais qui la voyait. Voulait-il réellement l'aider ?

— Joe. Joe Miller, finit-elle par répondre.

Albert fut en partie soulagé. C'était un bon début.

— Joe. Moi, c'est Albert. Je… Je voudrais vous expliquer quelque chose. Pouvons-nous nous asseoir ?

La jeune femme sembla hésiter un instant, mais finit par se rasseoir dans le coin qu'elle occupait à l'entrée d'Albert. Elle replia de nouveau les jambes et les serra de ses bras. Albert, à une distance raisonnable, mais suffisamment proche pour la mettre en confiance, s'assit en tailleur face à elle, dans la poussière de la salle abandonnée.

— Vous… On vous a sûrement appris qu'après la mort, les gens qui avaient fait de bonnes actions allaient au Paradis et que les autres allaient en Enfer.

Joe Miller hocha vigoureusement la tête, les yeux brillants. Elle ressemblait plus à une petite fille apeurée qu'à une meurtrière en série. Albert poursuivit.

— En réalité, il n'y a rien de plus faux.

Intriguée, Joe se redressa légèrement contre le mur. Elle buvait les paroles de l'homme.

— En fait, nous ne sommes qu'énergie. À notre mort, nous regagnons tous le grand Bain d'énergies cosmique pour partager ce que nous avons vécu avec ceux partis avant nous. Puis, certains d'entre nous - ceux qui n'ont pas accompli tout ce qu'il devait sur terre, ou ceux qui n'ont pas fait assez de bien autour d'eux - retournent sur terre sous une autre forme. Cela s'appelle une réincarnation.

Voyant qu'elle ne l'interrompait pas, Albert continua son explication.

— Parfois, quand sa mort est trop violente, trop brutale, l'énergie d'une personne ne parvient pas à rejoindre le Bain cosmique, comme vous. Quant à moi, j'ai un Don très spécial qui me permet d'entrer en contact avec les énergies telles que vous et de revivre votre passé ou de le voir dans le corps d'un autre. Comme Nina.

Joe ne semblait pas entièrement persuadé de ce qu'Albert lui racontait. Elle devait avoir été élevée dans les idioties de la religion chrétienne et peut-être était-ce à cause de cela qu'elle avait commis ses atrocités.

— Vous avez parlé de Nina… Comment la connaissez-vous ?

— Elle… Elle était là. Avec moi. Elle était… moi.

Albert hocha la tête. Depuis le départ, il avait raison. Il avait bien senti la Rêveuse dans le corps de Joe.

— Elle voulait vous aider. Et je vous jure qu'elle serait venue si elle avait pu.

Joe se mordit la lèvre et desserra son étreinte autour de ses jambes avant de fixer Albert droit dans les yeux, ce qui eut pour effet de le rendre mal à l'aise. Il tenta de ne pas le montrer pendant que Joe lui demandait :

— Si ce que vous dites est vrai… Comment je fais pour partir d'ici ? Pour rejoindre le Bain cosmique ?

Albert fut satisfait de cette question. Enfin, Joe Miller s'ouvrait à lui. Elle lui faisait confiance. Mais pour la libérer, l'homme avait besoin d'en savoir plus.

— Avant tout, Joe, je sais que ça ne va pas être facile, mais… J'ai besoin que vous me racontiez, que je vois…

— Ce que j'ai fait ?

Albert déglutit difficilement. Il savait que ce qu'il demandait allait être une terrible épreuve pour la jeune femme.

— Votre mort.

Une fois l'étonnement passé, Joe se concentra pour se souvenir.

— Mes souvenirs sont confus… Je vais essayer de vous montrer.

Mars 1984

Je ne pouvais plus vivre avec la culpabilité qui m'avait envahie après la dernière femme que j'avais rencontrée, juste après l'enterrement de mon père. J'étouffais, je ne mangeais plus, j'étais d'une faiblesse maladive. Je voulais prendre le temps de bien organiser mon plan, mais il y avait urgence. Je devenais folle, je voyais toutes ces femmes, je les entendais dans ma tête. Un matin, je me suis décidée. J'ai laissé deux lettres dans mon appartement : une pour mon patron Will, et une pour ma mère. J'ai laissé ma voiture devant le bar, je la cédais à Will pour qu'il en fasse ce qu'il voulait. Tout devait finir dans le lieu où j'avais fait le plus affreux. Je pris le bus jusqu'à la sortie de Paradisia puis je réussis à me faire emmener en stop jusqu'au chemin de terre qui menait à l'abattoir. J'avais connu ce lieu bien avant sa fermeture. Quand j'avais dans les cinq ans, mon père venait souvent chercher son meilleur ami qui travaillait à l'abattoir, avant qu'il ne ferme. Quand j'ai dû trouver un lieu pour cacher ces femmes, je me suis tout de suite rappelé cet endroit.

Une fois à l'entrée du chemin, j'ai mis la main dans ma poche et en ai ressorti en vrac des anxiolytiques que j'ai avalés progressivement à l'aide de ma salive. Très vite, en marchant sur le chemin, j'ai vu la forêt se mettre à tourner. Le soleil brillait de plus en plus fort, les cris des oiseaux faisaient saigner mes oreilles… Je me suis rattrapée plusieurs fois aux arbres pour ne pas tomber et j'ai continué à avancer. Une fois arrivée à l'abattoir, j'ai repris mon souffle à l'entrée, enfin à l'ombre dans le bâtiment. La froideur du lieu me fit du bien. Je me suis rendue dans cette salle, j'ai récupéré ma boîte à souvenirs dans le mur. Je n'arrêtais pas de pleurer. Ces objets symbolisaient ces femmes. Ces femmes que j'avais tuées. J'ai enfin mis les mots à ce moment-là. Entre deux sanglots, j'ai fait mes excuses à ces femmes. Ma vue se brouillait. J'ai remis la boîte dans le mur, comme pour la protéger, et je suis retournée une dernière fois dans la salle où j'avais…fait disparaître les corps. Ma conscience commençait à s'effacer. J'ai actionné le broyeur et ensuite…Tout est flou.

2016

Albert était bouleversé par le récit de Joe. Il avait vu cette partie de la vie de Joe comme s'il en avait été témoin ce jour-là. Les émotions si fortes de colère et de culpabilité pouvaient faire des choses terribles aux êtres les plus fragiles. L'homme comprit bien ce qui était arrivé après, mais devait-il lui dire ? La pauvre semblait toujours accablée après toutes ces années. Mais Albert se souvint alors que les esprits n'avaient pas de notion du temps. Son énergie devait être attachée à la boîte à souvenirs, ce qui expliquait qu'elle soit coincée ici et non dans la salle avec le broyeur. Albert choisit méticuleusement ses mots pour répondre à Joe, qui avait remis la tête dans ses bras.

— Après vous êtes partie, Joe… Vous êtes morte.

Elle hocha la tête sans pour autant la relever.

— Vous savez… Vos victimes n'ont pas pu partir non plus. Elles sont dehors. Je crois que la solution pour tout le monde serait que vous alliez les voir pour qu'elles vous pardonnent… et que vous vous pardonniez vous aussi.

— Et si elles ne me pardonnaient pas ? s'écria Joe en levant enfin la tête.

— Parlez avec votre cœur. Et tout ira bien.

CHAPITRE 17

N ina bâilla rageusement pendant que la machine à café faisait son œuvre. Elle bâillait toute la journée depuis une semaine. Rester coincée chez elle n'était pas vraiment des vacances de rêve. Elle était satisfaite de ne plus être dans son appartement, au moins, ici, elle pouvait changer de pièce plusieurs fois par jour. Elle passait un moment à travailler ses cours, lisait un livre puis regardait les infos à la télé, faisait un peu de sport dans son salon, regardait simplement par la fenêtre la neige qui tombait. Elle essayait de s'occuper le plus possible dans sa journée pour oublier, ou en tout cas, mettre de côté ce qu'elle avait fait à cette pauvre femme. Jamais elle n'aurait cru que ses visions pourraient causer du mal dans le présent. La Rêveuse réalisait encore plus son besoin d'apprendre à maîtriser le Don et Karan Sharma lui avait assuré qu'ensemble ils pourraient y arriver. Certains jours étaient presque jour de fête, car le juge avait autorisé la visite de certaines personnes : sa famille, son avocate et son psychologue. D'ailleurs, Karan était plus souvent là comme ami que guide ou professionnel de santé. Nina aimait quand il venait. Sa présence la rassurait, sa voix l'apaisait et il trouvait toujours les mots pour éviter à Nina la crise de panique quand elle pensait au futur, mais aussi au passé. La jeune femme sentait une part manquante en elle. Elle n'avait pas pu aller jusqu'au bout de son enquête et culpabilisait de ne pas avoir pu retrouver les victimes de Joe. Karan lui répondait sans cesse qu'il fallait qu'elle pense seulement à elle pour le moment, mais Nina avait toujours aimé les choses bien faites, son côté perfectionniste lui avait déjà joué des tours dans ses études, mais elle ne pouvait pas s'en empêcher. Et puis comment pourraient-elles être libérées sans elle ? Penser qu'elles resteraient plus longtemps coincées sur Terre la peinait.

Katia Host était aussi venue plusieurs fois pour discuter de sa stratégie avec sa cliente. Elle avait affirmé à Nina qu'elle ne devait pas avouer toute la vérité au juge, car il serait certain de l'envoyer à l'hôpital psychiatrique. Comme la jeune femme n'avait pas d'antécédent judiciaire, l'avocate évoqua un plan qui ne ferait pas mentir Nina, mais qui lui éviterait sûrement un long séjour en institution. Elle allait témoigner au juge des migraines, dont elle souffrait depuis plusieurs mois, qu'une de ses migraines lui avait fait avoir une absence et qu'elle ne comprenait pas ce qui avait bien pu se passer, qu'elle n'en avait aucun souvenir. Ainsi, Nina ne parlait pas de ses visions, de ses fantômes et de tout ce qu'elle avait vécu depuis Hodgkin Island. Katia Host pensait que, comme la victime se portait à présent comme un charme avec juste une belle cicatrice sur l'abdomen, le juge serait clément. Il exigerait sûrement que Nina paye les soins de la victime et qu'elle voie un neurologue afin que ceci ne se reproduise plus. Ça, c'était la version optimiste. Nina croyait en Katia, cette femme était un bouledogue. La Rêveuse avait trouvé sur Internet des extraits vidéo de certaines de ses plaidoiries dans un tribunal et l'avocate était vraiment impressionnante. Elle savait se montrer convaincante tout en respectant les règles.

Nina récupéra sa tasse de café et son paquet de gâteaux au chocolat avant de s'installer dans le canapé, comme tous les matins. Cependant, cette journée n'avait rien à voir avec les autres. Le lendemain allait définir les mois à venir de son existence. Elle mit la chaîne d'informations en continu et s'apprêtait à mordre dans un gâteau quand on toqua à sa porte. La jeune femme suspendit son geste, intriguée. Personne ne devait passer ce matin. Nina avait convenu avec sa famille de ne les revoir qu'au procès le lendemain, idem pour Karan. La seule qu'elle devait voir était Katia Host pour faire une dernière fois le point, mais le rendez-vous n'était prévu que dans l'après-midi. Nina attendit qu'on frappe de nouveau, mais rien ne se passa. Elle mordit dans son gâteau et décida tout de même d'aller voir. Elle déverrouilla sa porte et l'ouvrit prudemment. Personne ne l'attendait. Elle baissa les yeux et découvrit une grande enveloppe à ses pieds sur le paillasson. Nina la récupéra et fit quelques pas sur le perron pour observer la rue d'un regard. Elle ne vit personne à part une de ses voisines rentrer sa poubelle. Nina ne pouvait malheureusement pas aller plus loin. Elle fit demi-tour, referma sa porte et retourna s'asseoir sur le canapé en tournant et retournant l'enveloppe marron.

Aucune indication de l'expéditeur. Il n'y avait même pas l'adresse de Nina sur l'avant, uniquement son nom et son prénom. Les lettres étaient tracées d'une belle écriture, bien qu'un peu nerveuse. L'enveloppe ne semblait pas très lourde, mais Nina pouvait deviner plusieurs documents à l'intérieur. Peut-être quelque chose de l'université ? Mais pourquoi quelqu'un se serait-il déplacé pour lui apporter et ne pas se faire voir ? Cela n'avait aucun sens. Elle se jeta à l'eau et ouvrit délicatement l'enveloppe pour en ressortir une liasse de feuilles blanches recouvertes de la même écriture énergique. Cela ressemblait à une très longue lettre, à l'ancienne. Curieuse, Nina alla directement à la fin pour voir la signature : Albert Duvall. Ce nom ne lui disait absolument rien. N'en pouvant plus, la jeune femme démarra la lecture de la première feuille. Les propos étaient atypiques, l'homme évoquait en premier lieu une rencontre avec elle, lors d'une nuit, au milieu d'une route déserte quelques jours auparavant. Nina revit alors l'homme qui l'avait accueillie dans sa voiture lors de son retour de l'abattoir et se rappela la vive émotion qu'avait procurée cette rencontre. Lui-même semblait avoir connu un sentiment similaire. La Rêveuse sentit poindre un début de nervosité. Faisait-elle partie d'une obsession ? Car cet Albert était quand même allé jusqu'à trouver son adresse. Mais la suite de la lettre fit battre le cœur de Nina bien plus que si elle était tombée sur un maniaque. Albert lui affirmait ce qu'elle n'avait jamais cru possible : que lui aussi avait le Don. Il lui raconta ce qu'il avait vu en même temps qu'elle, les visions qu'ils avaient partagées ensemble, dans la vie de Joe. Jamais il n'aurait pu inventer les détails qu'il lui donnait. Il expliqua ses motivations, qui étaient bien différentes de celles choisies par Nina. La jeune femme ne comprenait pas tout ce dont parlait l'homme. Cependant, elle comprit que pour se rapprocher d'elle, il avait voulu savoir ce qui était arrivé aux victimes de Joséphine Miller. Il lui raconta précisément sa dernière visite à l'abattoir. Au fur et à mesure que Nina lisait les mots, des images se formèrent devant elle, comme si elle vivait ce qu'Albert avait lui-même vécu. La connexion entre eux était bien réelle. Elle vit les énergies des victimes et surtout la fin de cette pauvre Joe. L'homosexualité était encore taboue dans l'Union, mais des progrès avaient tout de même été faits depuis les années 80. L'emprise de la chrétienté sur l'éducation d'un certain nombre de jeunes gays avait gâché beaucoup de vies. Y compris celle de Joe Miller et de ses victimes. En lisant ces lignes, Nina s'aperçut que des larmes coulaient le long de ses joues. Bien que Joe lui ait fait passer de terribles épreuves, Nina avait de la peine pour elle. C'était une femme bien qui avait basculé avec la maladie et la mort de la seule figure parentale qui l'acceptait comme elle était. Une mère abusive avait aussi contribué à sa bascule. Elle ne méritait pas tout ce qu'elle avait vécu. Et elle avait emmené dans sa chute des femmes innocentes. Albert finissait la lettre en affirmant qu'il souhaitait la revoir, mais qu'il ne voulait pas compromettre les chances de Nina d'être libérée. Le moment n'était pas approprié pour une nouvelle rencontre. Mais il ne fallait pas qu'elle s'inquiète, Albert ne l'abandonnerait pas et il affirmait pouvoir l'aider au-delà de ce qu'elle pouvait imaginer. Il signait d'un *je t'embrasse*.

Nina était bouleversée. Une autre personne comme elle ? Dans son propre pays ?! Jamais elle n'aurait cru cela possible. Avec toutes les recherches qu'elle avait faites, et ce que Karan avait pu lui apprendre, les Rêveuses étaient des femmes. Et elles étaient très rares aujourd'hui, voire inexistantes. Ces nouvelles informations remettaient en question tout ce qu'elle avait récemment appris et qu'elle n'avait pas encore eu le temps d'assimiler. Elle eut envie d'appeler Karan. Mais l'excitation qui grandissait en elle à la suite des révélations de cet Albert l'en empêcha. Il faudrait mettre le Guide au courant, mais elle ne savait pas comment réagirait l'ami. Il serait suspicieux à tous les coups et Nina ne voulait pas de ça maintenant. Quelqu'un comme elle... Elle oublia un instant ce qui l'attendait le lendemain. Après la lecture de cette lettre, elle vivait cette épreuve comme un simple obstacle qui l'empêchait de rencontrer cet homme pour de vrai. Une fois passée, il serait temps pour Albert et Nina de se retrouver.

***

Albert Duvall s'assit au fond de la salle d'audience du tribunal sur un des bancs en bois qui prenaient la moitié de la pièce. Le procès devait lui aussi être en vase clos. Mais grâce à Katia Host qui l'avait présenté comme un étudiant en droit dont elle était le mentor, il pouvait avoir la chance d'assister au jugement de Nina Stinkins. La jeune femme lui tournait le dos, assise à la table de gauche, face à celle du juge. Elle parlait avec Katia d'un air inquiet. Elle semblait également fatiguée. Mais la voir procurait à Albert un sentiment de légèreté et d'excitation. Il avait longtemps espéré rencontrer quelqu'un comme lui, mais n'avait jamais cru que cela pourrait arriver. Maintenant qu'il l'avait trouvée, il ne la quitterait plus, quoi que cela veuille dire. Le juge n'était pas encore là. Dans la salle, la victime et son avocat étaient déjà installés sur la table à droite de Nina. Derrière, un homme et trois enfants d'âge moyen étaient assis sur les bancs. Sûrement la famille de la victime. Du côté d'Albert, sur le banc juste derrière Nina, un couple, une dame âgée et un homme plutôt grand. Bien que le couple ne ressemblait pas physiquement à Nina, la dame âgée était, elle, clairement du même sang. Un homme à la quarantaine bien tassée parlait justement avec elle. Il devait être un ami proche de la famille pour être présent et par conséquent, il devait compter dans la vie de Nina. La porte derrière Albert s'ouvrit et laissa entrer l'homme indien que le Rêveur avait vu lors de l'incident. Le psychologue de Nina s'installa derrière la famille et les salua seulement d'un geste de la tête, l'air grave. Il se tortillait les mains, mais quand Nina tourna la tête vers lui, il lui adressa un sourire rassurant. Y avait-il autre chose qu'un simple lien professionnel entre Nina et cet homme ? Albert allait devoir creuser la question. Aucun homme ne pouvait se mettre entre lui et sa Rêveuse.

Le juge entra enfin par la porte en face de l'assistance et tous se levèrent. Il fit le tour de son fauteuil en portant un pan de sa robe noire et s'installa. Tout le monde put alors se rasseoir, excepté les avocats et leur cliente. Le juge annonça le chef d'accusation et Albert n'écouta pas un mot de plus. Tout ce blabla le fatiguait. Il aurait aimé pouvoir accélérer le temps pour entendre directement ce qui l'intéressait : la sentence. En attendant, il pouvait observer Nina. Il ne la voyait que de dos, parfois de profil quand elle se tournait vers sa famille, mais il pouvait la ressentir. Il ferma les yeux pour profiter à fond de sa présence. C'était comme s'ils s'étaient toujours connus, comme s'ils n'avaient fait qu'un à un moment donné dans le temps et l'espace. Il n'avait jamais senti ça pour personne d'autre et il ne retrouverait sûrement jamais cette sensation. Il savourait l'état dans lequel la présence de Nina le mettait quand il en fut sorti de force. Nina avait pris la parole de façon véhémente et commençait à injurier la victime. Albert ne comprenait pas ce qu'il se passait. Katia Host essayait de calmer sa cliente et de la faire asseoir. Le juge lui aussi lui disait de se calmer avec quelques coups de marteau. La Rêveuse finit par s'asseoir, les traits déformés par la colère. Albert fut plus attentif à la suite du procès. Le juge ordonna une pause d'une heure afin de décider du jugement. Albert ne croyait plus en une fin heureuse. Qu'est-ce qui avait bien pu amener Nina à ce moment de fougue ?

***

Nina Stinkins était effondrée sur sa chaise, le front posé sur le plateau de la table. Quelle idiote… Elle s'était laissé prendre dans le jeu de l'avocat de la victime. Mais quand il avait affirmé que Nina bredouillait des paroles sataniques lorsqu'elle l'avait poignardée, cela l'avait rendue folle et son sang n'avait fait qu'un tour. Déformer ainsi la vérité, mentir si éhontément, Nina ne supportait pas ça et encore moins bien sûr quand cela concernait sa vie. La jeune femme avait toujours fait preuve d'honnêteté et elle ne savait pas mentir. Elle avait dû déjà se faire violence pour ne pas interrompre Katia Host quand elle avait expliqué les circonstances qui avaient amené Nina à son acte. Certes, ce n'était pas loin de la vérité, mais ce n'était pas totalement exact, comme l'aimait la Rêveuse. Toute l'assistance était sortie prendre l'air, mais Nina avait voulu rester seule avec elle-même. Elle était découragée. Avec son accès de colère, elle était sûre de ce que le juge allait décider pour elle. Quelques minutes plus tard, elle entendit la porte arrière s'ouvrir puis des chuchotements attestant du retour de toute le monde. L'atmosphère était pesante. Tous étaient nerveux. Certains avaient sans doute encore de l'espoir. Nina savait que sa famille était effrayée par la prison. Pour eux, rien ne serait pire. Nina, elle, n'en était pas certaine.

La Rêveuse se redressa quand elle entendit la porte derrière le fauteuil du juge s'ouvrir. Elle se leva tel un robot. Son esprit était ailleurs. Elle ne sentait plus aucune énergie en elle. Comme coincée dans du coton, ses oreilles bourdonnaient. Elle devait rester debout pour l'annonce du jugement, mais tenir l'équilibre était compliqué, elle titubait légèrement sur place et s'appuyait sur la table pour ne pas tomber. Le juge prit enfin la parole, les yeux posés sur Nina qui tentait de garder une certaine consistance.

— Mademoiselle Stinkins. J'ai reçu à l'instant dans mon bureau le compte rendu du psychiatre mandaté par la justice que vous avez vu au commissariat. Contenu des circonstances dans lesquelles a eu lieu cette agression, exprimées par les avocats, mais aussi ce que je viens de lire du psychiatre et de voir dans cette salle, je peux affirmer que vous avez besoin d'aide. Votre casier vierge jouant en votre faveur, je décide donc de vous donner l'aide nécessaire.

Nina craignait que ses jambes ne cèdent sous son poids. Elle essaya rapidement de se rappeler ce qu'elle avait bien pu dire au psychiatre. Sans son avocate et encore chamboulée de sa vision et de son acte, elle aurait pu balancer la vérité. Elle n'en avait pas souvenir, tout était vague. Elle baissa la tête, incapable d'affronter le regard du juge pendant qu'il annoncerait la sentence.

— Je vous condamne à une admission prolongée en institut psychiatrique jusqu'à guérison de vos troubles. Je laisse le soin au directeur de l'Institut St John de me tenir au courant de vos progrès et je lèverai les sanctions dès qu'on me prouvera que vous n'êtes plus un danger pour vous ou pour les autres. Je vous condamne aussi à rembourser les frais médicaux de madame Gonzales.

Le juge se tourna vers la victime et son avocat, le regard sévère.

— Je doute de certains faits évoqués par Maître Leonas, je ne trouve pas cela très fair-play, ainsi je n'impose pas de dommages et intérêts de plus.

Rien ne trahit l'avocat, mais les traits du visage de la victime s'affaissèrent. Elle s'attendait sûrement à gagner le gros lot avec cette affaire.

— Mon jugement est valable immédiatement. Madamoiselle Stinkins, je vous laisse dix minutes pour dire au revoir à vos proches. Un gardien reste à vos côtés et des infirmiers de l'Institut St John vous attendent à l'extérieur de la salle.

Le juge tapa son petit marteau pour asseoir le jugement. Il se leva et tous l'imitèrent. Il allait prendre la porte, mais se tourna un dernier instant vers Nina.

— Bonne chance, mademoiselle.

Cette fois, les jambes de Nina se dérobèrent et elle s'effondra sur sa chaise. Pendant ses visions de la vie de Joe, la jeune femme était bien consciente de ne pas être en danger. Aujourd'hui, non seulement on la privait de sa liberté, mais aussi de sa lucidité. On la considérait dorénavant comme une folle. Et pour l'universitaire qu'elle était, rien n'était plus atroce. La prison n'aurait certes pas été facile, et elle aurait été fichée en tant que criminelle. Mais au moins, elle aurait eu une durée d'emprisonnement précise. Et elle n'aurait certainement pas été mise avec les criminelles violentes. Ce qui effrayait surtout la Rêveuse, c'est qu'elle n'avait aucune idée de ce qui l'attendait en HP ni du temps que cela prendrait pour en sortir. Elle n'était pas folle, elle le savait aujourd'hui, mais personne ne le croirait là-bas. Et la vraie folie entre les murs de l'Institut St John serait-elle contagieuse ? Nina Stinkins allait très vite pouvoir l'éprouver.

Le cycle des âmes

REMERCIEMENTS

Pour ce deuxième tome, je remercie et je remercierai toujours mon compagnon pour son soutien, sa première lecture et son retour pertinent sur l'histoire.

Je remercie ma maison d'édition et mes éditrices pour leur bienveillance et pour leur travail, sans qui le Cycle des âmes n'aurait jamais pu voir le jour.

Merci à ma famille et ma belle-famille d'avoir tenté l'aventure du premier tome.

Et enfin, merci à mes premiers lecteurs. Sans vous, cela n'aurait pas le même sens.

Le cycle des âmes

BIOGRAPHIE

Après 8 ans en tant que professeur des écoles, Rachelle est en reconversion professionnelle pour être Community Manager.

Son parcours d'auteur commence en CM1 quand elle écrit sa première histoire. Jusqu'en 2015 et l'écriture de son premier roman, Rachelle se perfectionne en écriture grâce aux fanfictions et à des masterclass. Elle a été bercée dès le plus jeune âge par le fantastique, la fantasy et la science-fiction grâce à son père. Bien qu'elle écrive dans ce monde de l'imaginaire, elle adore lire des romans policiers. La fiction a toujours été son monde.

Le cycle des âmes